2020 제44회

TV드라마 신인상
수상작품집

최우수상
김진주 _ 진동

우수상
김진선 _ 죽으러 왔습니다
유미란 _ 돼지

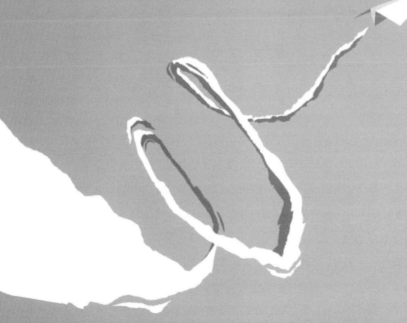

한국방송작가협회교육원 편

교육원 신인상 수상 작품집을 내면서

교육원 신인상에 응모했던 많은 예비 작가들에게 먼저 뜨거운 응원의 박수를 보냅니다. 총 203편의 작품 중에 본심에 올라온 작품은 12편, 그 가운데 최우수작 1편과 우수작 2편이 선정되었습니다. 본심의 심사를 맡아주셨던 심사위원님들은 고단한 시대상과 맞물린 시의 적절한 소재의 작품들과 인간의 속살을 한 겹 더 깊이 들여다보는 작가의 시선이 돋보이는 작품들이었다고 평을 해주셨습니다. 아쉽게 수상하지 못한 작품 중에서도 참신한 발상이 돋보이고, 대사가 유려하며 구성도 깔끔하고, 재치있게 시대상을 풍자한 작가의 필력이 돋보이는 작품들이 있었다며 극찬을 아끼지 않으셨습니다. 그 말씀을 듣고 보니 단막극이 원활이 제작되지 못하고 있는 방송 환경이 어찌나 안타까운지요.

새삼 29년 전, 교육원 신인상을 수상했을 때가 떠오릅니다. 올해는 안타깝게도 코로나19 때문에 마스크를 쓰고 극히 간소하게 시상식을 치를 수밖에 없었지만 그때는 함께 공부한 창작반 동기들과 가족들도 초대해서 아주 성대한 잔치처럼 축하를 받았습니다. 그래서일까요? 신인상 상장이 '드라마 작가'가 되는 라이선스라도 되는 양, 우쭐했던 기억이 선명합니다. 그러나 그 상장이 라이선스가 아닌 출발에 불과하다는 사실을 깨닫는 데는 그리 오랜 시간이 걸리지 않았습니다. 그때는 그나마 방송사에서 단막극을 활발히 제작할 때였고 신인상 수상작품은 대개 단막극으로 만들어졌음에도 말입니다. 후속작이 방송되지 못하고 몇 년을 습작만 하다 보니, 더욱이 신인상을 받지 못한 창작반 동기들이 미니시리즈를 쓰고 연속극을 쓰는 것을 지켜보자니 열패감이 들기도 했습니다.

돌이켜 보면 신인상 수상 후, 치열하게 바닥을 쳤던 그 세월이 없었더라면 저는 계속 걸작을 썼다는 자만심에서 헤어 나오지 못했을 것이고, 제 작품을 평가해 주는 애정 어린 쓴소리도 경청하지 못했을 것입니다. '도대체 작품을 읽기나 한 거야?' 싶을 만큼 엉뚱한 말을 하는 상대방의 말일지라도 열심히, 감사히, 잘 들으십시오. 경청하는 귀와 가슴은 무한대로 열려있되, 마지막 선택은 오롯이 작가의 뚝심으로 하면 됩니다. 그것이 좋은 대본을 쓰기 위한 첫걸음임을 여러분들보다 앞서 이 길을 걷는 선배로서 당부드립니다. 수상의 영광을 안은 수상자들이나 아깝게 고배를 마신 분들이나 지치지 말고 끝까지 분투한다면, 시청자 여러분들께 재미와 감동을 주는 작가로 사랑받을 날이 반드시 올 것임을 믿습니다. 건필을 빕니다.

끝으로 멀티 OTT시대에 이 작품집을 통해 더욱더 많은 분들이 우리 교육원과 신인 작가들에게 관심과 애정을 가져주시길 바랍니다.

2021년 3월
한국방송작가협회 교육원장

유 현 미

2020 제44회

TV드라마신인상
수상작품집

진 동

김진주

한국방송작가협회교육원 제61기 전문반 수료
jjlovejd@naver.com

수상소감

교육원에서 좋은 선생님들을 만나 받는 상이라고 생각이 듭니다.

<진동>은 저의 오랜 친구로 말미암아 시작된 이야기입니다. 친구는 매일, 엄청난 업무량을 마치고 집으로 돌아와 컵라면을 먹으며 울었다고 합니다. 대학을 마치고 막 간호사가 되었을 때만 해도 열의가 넘쳤었는데, 에너지가 말라버린 친구를 보며 마음이 아팠습니다. 하지만 그때는 친구가 마음이 강하지 못해서, 여려서 그런 것은 아닐까 생각되는 지점이 더 컸습니다.

친구보다 늦게 사회생활을 시작하며 그 당시 친구의 마음을 조금은 이해하게 되었습니다. 몸과 머리에 익지 않은 업무를 끝내고 집으로 돌아와 잠자리에 누우며, 저 역시 '이대로 내일이 오지 않아도 좋겠다.'고 생각이 들 때가 많았습니다. 일이 익숙해지고도 꽤 오랜 시간 에너지를 회복하지 못했습니다. 삶에서 쓸 에너지를 모두 일로 끌고 와 쓰는 상황이 반복되자, 일이 빠진 온전한 나를 마주할 때 무기력해졌습니다.

그 시기에 교육원에 다니기 시작했습니다. 선생님들께 배운 것으로 내 속에 있는 것을 끌어내는 드라마, 글, 캐릭터를 만들며 고갈되었던 에너지가 채워지기 시작했습니다. 학우들과 함께 공부하며, 학우들을 질투하며, 더 잘하고 싶다는 욕심이 생겼습니다. 제게 울린 진동의 매개체는 교육원이라 생각합니다. 고맙습니다.

<진동>은 간호사의 이야기를 다루고 있지만, 일로 인해 몸과 마음이 지쳐버린 보통의 사람들을 위한 드라마입니다. <진동>을 쓰며 저 역시 위로받았듯, 읽는 분들께도 따뜻한 글로 기억될 수 있다면 더할 나위 없겠습니다.

큰 문제를 일으키진 않았으나 언제나 소소한 문제들을 끊임없이 일으켜온 제 옆에 꾸준히 함께해준 우리 가족들, 사랑합니다. 조금 일찍 간호사 생활을 접었지만 언제나 내 자랑스러운 HR, 당신과 친구라서 행복합니다. 평생 드라마로 밥 벌어먹으며 살고 싶게 만들어준, 제 미생을 가득 채워주는 드라마를 만드는 모든 분, 존경합니다.

교육원에서 선생님들, 학우들에게 많은 합평을 받으며 알게 된 점이 있습니다. 글이란 게 한 사람의 손에서 쓰여도, 그 손을 잡아 움직이게 한 것은 제 글을 읽고 머리를 맞대준 모두라는 것입니다. 합평을 받으며 감정이 앞서 날을 세우고 좋은 의견을 건네준 학우에게도 얼굴을 붉혔던 적이 많습니다. 집에 와서 곰곰이 생각하다가 글에 갇혀있던 제가 부끄러워 다시 얼굴이 붉어졌습니다. 혼자 만든다고 생각하지 않고, 열린 사고를 할 수 있는 사람이 되도록 하겠습니다. 그러니 앞으로도 제 드라마, 글, 캐릭터에 많은 의견 부탁드립니다.
감사합니다.

진

동

작의

26살, 친구가 퇴직의사를 밝혔다.

안정적인 직업에 보수도 나쁘지 않은 간호사였다.

나는 친구에게 4년 힘들게 공부해놓고 3년도 못 채우고

그만두면 아깝지 않냐고 말했다.

친구는 그날 엄청 많이 울었는데, 나는 그때도 친구의 마음을 이해하지 못했다.

나중에야 친구가 병원을 그만둘 수밖에 없었던 사정을 알았다.

아직도 친구의 마음을 다 이해하진 못하지만 그때 위로해주지 못해서 미안하다고,

넌 멋진 간호사였다고 말해주고 싶어서 쓴다.

등장인물

김진아 (여, 28세, 간호사)

수도권의 크지도, 작지도 않은 영산종합병원 5년차 마취과 간호사. 종합병원이
라지만 의료진의 수가 턱없이 부족해 PA(Physician Assistant)[1] 업무도 맡고
있다. 실력이 좋아 수술에 이리저리 불려 다녀 몸이 하나로는 부족하다.

하지만 입사 초기 진아는 의대가 없는, 즉 병원을 갖고 있지 않은 대학의 간호학
과를 나온 바람에 보통 사람들보다 더한 태움[2]을 당했다. 발랄하고 쾌활한 성격
이었는데 간호사가 된 뒤로 차분하고 조용해졌다.

2년 전, 대학후배인 신입간호사 민영이 영산종합병원에 입사했다.

---

1) 전담간호사. 의사가 담당했던 일부를 위임받아 건강력, 신체검진, 임상진단, 진단검사 처방 및
해석, 약물처방, 상처봉합, 골절정복, 수술보조, 환자 교육 등을 수행하는 간호사로 정의되고 있
다. 하지만 우리나라 전담간호사는 체계적인 교육과정이 없고 현행 의료법에서 전담간호사가
보호받을만한 근거 조치가 마련되어 있지 않다.

2) '영혼이 재가 될 때까지 태운다'는 뜻에서 나온 말로, 선배 간호사(프리셉터)가 신입 간호사(프
리셉티)를 가르치는 과정에서 괴롭힘 등으로 길들이는 규율 문화를 지칭한다.

진아는 어차피 태움 당할 거 내가 내 후배 태운다며 민영의 프리셉터를 자처했다. 겉으로는 민영에게 호되게 대하는 것 같았지만 진아의 진심을 아는 민영은 진아를 믿고 따랐다. 그랬던 민영이, 죽었다.

민영이 죽고 난 이후로도 다른 사람들 눈에 진아는 평온하고 승승장구해보였다. 하지만 진아는 하루도 마음 편한 날이 없다. 진아의 폰에 수시로 민영의 전화가, 진동이 오기 때문이다.

강수재 (여, 32세, 간호사)

영산종합병원 마취과 신입 간호사. 간호조무사를 하다가 늦게 간호대에 입학했다. 겉으로는 대학이 같다는 이유로, 속으로는 나이 많은 신입 껄끄럽기 때문에 선배들은 진아에게 수재의 프리셉터를 맡으라고 한다.

시끄럽고 오지랖 넓다. 눈코 뜰 새 없이 바쁜 와중에도 간호조무사 시절 친구들을 병원에 초대한다. 마취과 간호사는 기본적으로 환자 보호자와 대화할 필요가 없는 데 환자 보호자와도 이말 저말 다한다. 선배들은 수재가 나대는 게 기강이 약해졌기 때문이라고 생각한다. 그래서 진아에게 수재의 태움을 강요하고, 2년 전 죽은 민영의 일이 수면 위로 다시금 올라온다.

조나연 (여, 30세, 간호사)

영산종합병원 7년차 마취과 간호사. 명문대학의 간호학과를 나왔으나 소속 대학병원에 입사하지 못한다. 자기 같은 엘리트가 이러한 병원에서 썩고 있는 것을 괴로워하며 그 스트레스를 후배 태움 하는 것으로 푼다.

결혼을 앞둔 5년차 시점, 선배들은 그렇게 속한 병원 무시하더니 병원 의사와 눈 맞았다며 나연에게 눈총을 준다. 나연은 그에 대한 스트레스를 민영에게 풀어버린다. 민영의 죽음 후 나연 역시 괴로움에 시달리지만 그 감정을 무시한다. 현재 임신 3개월차인데 순번 안 지키고 도둑임신해 병원엔 숨기고 있다.

이로 인한 스트레스를 풀 상대를 찾고 있다.

박종수 (남, 43세, 의사)

영산종합병원 정형외과 의사. 나연의 남편이다. 이미 나연과 띠가 도는 나이차이지만, 실제론 아빠뻘로 보인다고 해도 무색하다. 병원에선 꽤 알아주는 엘리트다. 그러나 스태프에 대한 예의가 없어 기피대상이다. 그것을 아예 모르는 눈치는 아니라 개원하는 게 꿈이다. 나연과 결혼한 이유도 나연의 집안이 꽤 살기 때문이다.

병원에서 힘 좀 쓰니 각종 의료용 장비업체들이 종수에게 쩔쩔맨다. 종수의 친척 하나가 병원에 의료용 가스를 공급하는 업체를 운영하는데 이것이 민영이 죽는 직접적인 원인이 된다.

-이외-

2년 전 사망한 간호사 **유민영** (남, 26세)

마취과 4년차 간호사 **이혜연, 송가애** (여, 27세)

외과 5년차 간호사 **오은경** (여, 28세)

외과 신입간호사 (여, 24세)

진아가 다니는 마음정신건강의학과의원 원장 홍경우(남, 43세)

가스업체 사장인 종수친척(남, 40세)

민영의 어머니

환자보호자

포장마차 주인

영산종합병원 의료진 및 직원 등.

줄거리

　　5년차 간호사 진아. 후배간호사 민영이 죽고 난 뒤 2년 동안 수시로 폰에서 울리는 진동에 괴로워한다.

지독한 간호사들의 문화인 태움을 당하던 민영은 설상가상 의료사고의 가해자가 된다. 민영은 죽기 직전, 선배 진아에게 전화를 건다. 하지만 그날 진아는 나이트 근무였다. 또한 그녀 역시 태움 문화의 피해자였기 때문에 민영의 전화를 받지 못한다. 그렇게 민영은 26살의 어린 나이에 생을 마감한다. 병원은 민영의 죽음에 침묵한다. 그 이후 진아는 근무를 할 때도, 집에서 잠이 들었을 때도 수시로 민영의 이름이 뜨는 폰 진동을 느낀다.

민영이 죽고 2년 뒤, 영산종합병원엔 신입간호사가 들어온다. 그리고 능력 있는 마취과 간호사가 된 진아에게도 교육시켜야할 신입간호사 강수재가 떨어진다. 한 태움 하는 7년차 간호사 나연은 수재에게 잠도 3시간 이상 자지 말며, 밥도 10분 안에 먹고, 화장실도 참고 참다 한 번에 몰아가라는 연설을 한다. 그런데 그런 나연에게 32살의 늦깎이 신입 간호사 강수재가 말대답을 한다.

"3시간만 자다가 환자 혈관 못 찾아서 마약 사범 만들면 어떻게 합니까? 밥 10분 안에 먹고 오줌똥 참다가 병나면 우리가 환자지, 간호산가요?"

선배들은 미친년이 한 명 들어왔다며 수재를 욕하지만 감당 안 되는 그녀를 아무도 자신의 부사수로 맞으려 하지 않는다. 결국 같은 대학을 나왔다는 이유 하나로 진아가 수재의 사수가 된다. 수재는 진아에게 살갑게 다가온다. 하지만 아직 민영과 관련한 트라우마에 시달리는 진아는 수재에게 차갑게 대한다.

수재는 진아를 따라다니며 마취과 간호사 업무를 익힌다. 그리고 수재는 수시로 공포서린 눈빛으로 변하는 진아를 눈치 챈다. 이미 학교 동기였던 민영의 일까지 알고 있었던 수재는 진아가 이로 인한 트라우마에 시달리는 것을 알고, 진아의 차가운 행동에도 특유의 긍정과 오지랖으로 다가간다. 수재로 인해 진아의 상처가 조금씩 아물어가며 진아는 민영에게서 오는 폰 진동으로부터 이별한다.

하지만 곧 병원 안에서 큰 사고가 발생한다. 진아가 오프를 낸 날, 수재는 나연을 따라 부사수 업무를 수행하게 되는데 나연과 수재가 세팅한 수술실의 산소통과 아르곤가스통이 뒤바뀐 것이다. 다행히 수술직전 발견되어 큰 의료사고는 막을 수 있었지만 민영 때 사건으로 의료사고에 치를 떠는 의료진들은 민영의 죽음까지 들먹이며 수재를 향한 혹독한 태움을 시작한다.

아무리 강성이었던 수재였지만 인간성을 져버린 태움은 수재를 변하게 한다. 수재의 모습을 옆에서 오롯이 지켜보는 진아. 진아는 민영 때와는 다른 선택을 할 수 있을까.

S#1. 병원 수술실 복도 끝 창가 / 새벽

미등만 켜진 병원 수술실 복도의 끝, 수술복을 입은 진아가 깜깜한 창밖을 보며
멍하니 서 있다. 진아, 무의식적으로 손끝의 거스러미를 뜯고 있는데.
곧, 창가에 올려놓은 진아의 폰에서 진동이 울리기 시작한다. 진아, 공포에 질린 채
폰으로 손 가져간다.

암전, 타이틀 진동 뜨고.

손 하나가 진아의 어깨를 턱 잡는다. 진아, 깜짝 놀라 뒤돌아보는데.
진아처럼 수술 가운을 입은 의사 종수다. 종수, 능글맞은 미소로 진아의 어깨를
주물럭 거리는데.

진아   (종수의 행동이 싫지만 내색 않고) 선생님, 오늘 수술도
        수고하셨습니다.

종수   오늘 온콜도 아닌데 바로 와줘서 내가 고맙지이. 너무 중요한
        지역 유지분 응급수술인데, 내가 저것들 어떻게 믿고 예술하나?
        (진아의 볼에 손가락 살짝 튕기며) 우리 진아 밖에 없잖아.

진아, 종수의 터치가 신경 쓰여 주위 살피는데. 복도 중간, 수술실에 같이 들
어 갔던 간호사 혜연, 가애가 종수를 쳐다보며 귓속말 한다.

S#2. 병원 옥상 / 새벽

진아, 옥상 구석에 쪼그리고 앉아 종수의 손이 닿았던 어깨와 볼을 벅벅 문댄다.
그때, 옥상 문 열리며 혜연, 가애 들어온다. 혜연과 가애 손에 커피와 주전부리
들려있다. 진아, 섞이기 싫은지 혜연과 가애 눈에 띄지 않게 좀 더 안쪽으로 들어간다.

혜연   (커피 한 입 마시며) 아 왜 여기서 먹재, 추워죽겠는데.

가애	(혜연 입에 주전부리 넣어주며 볼 톡 치고) 그럼 내려가서 예술가가 사주시는 거 드시던가.
혜연	으으, 소름끼쳐. 진아 선배는 어떻게 그걸 참는 거야?
진아	(괜히 볼을 더 한번 닦아내고)
가애	진아 선배만 우리처럼 지하녀 간호사가 아니라, 동료로 대해주잖아.
혜연	근데 왜 존나연이랑 결혼했지?
가애	존나연 집이 부자잖아. 지 병원 내줄 줄 알고 그랬겠지.
진아	(다른 간호사 욕에 이건 아니다 싶어 나가 한마디 하려는데)
가애	그리고, 진아선배는 좀 그런 게 있잖아. 차갑고..
진아	(멈칫하는)
혜연	그치, 민영씨 죽은 날도 근무 다 채우는 거 보고 나 기겁했잖아. 그래도 자기 프리셉티였는데.
가애	(옥상 문 쪽으로 가며) 아우. 이런 얘기 그만하고 내려가자. 더 춥다.
혜연	(가애 따라가며) 뭐야, 쌤이 올라오자며~

문 쾅 닫히는 소리(E). 진아의 긴 한숨으로 입김이 피어오른다. 곧, 진아의 바지
주머니에서 느껴지는 폰의 진동. 진아의 어깨에서부터 목덜미까지 소름이 돋는다.
진아, 폰 꺼내지 않고 바지주머니를 꽉 잡는다.

S#3. 병원 외경 / 아침
─────────

큰 크기지만 낡은 건물의 영산종합병원 보인다.

S#4. 병원 외과 간호사 스테이션 / 아침
─────────

은경, 스테이션 안 자리에 앉아 신입간호사가 귤껍질로 만든 뱀과 토끼 한심하게
보고 있다. 신입간호사, 은경 앞에 서서 어쩔 줄 몰라 하고 있다.

신입간호사　　1102호 주병규 환자님이 자기 애기가 갖고 놀게 없다고...
　　　　　　　귤껍질로 장난감이라도 만들어 달라고 하셔서...
은경　　　　　박쌤, 나는 오늘 박쌤 일지에 해야 할 일은 안하고 아침부터
　　　　　　　귤껍질이나 깠다고 적을 거야. 그럼 박쌤은 3일 만에 소아과에서
　　　　　　　쫓겨난 걔, 강모시기처럼 모든 과를 빙빙 돌다가 결국
　　　　　　　우리 병원에서 쫓겨나게 될 거야.
신입간호사　　(울 것 같은)
진아(E)　　　오은경도 일주일 만에 마취과에서 쫓겨났잖아.

은경, 보면 출근 복장의 진아가 스테이션 앞에 서 있다.

진아　　　　　(스테이션 안에서 귤 하나 집어 까며) 그래도 지금 외과에서
　　　　　　　자알 파 사삭 거리고 있잖아?
은경　　　　　(신입 앞에서 옛날 얘기 꺼내는 진아가 조금 띠껍지만) 새벽에
　　　　　　　박쌤한테 긴급호출 받았다며.
신입간호사　　네? 저요?
은경　　　　　(한심하단 듯 신입 한번 흘기고) 3시간도 못 잤겠네. 뭘 벌써 나와.
진아　　　　　(계속 귤 까고 있는) 우리 과에 사람 없잖아. 병원은 돈 벌어야
　　　　　　　하니 수술은 미친 듯이 잡고.
은경　　　　　그래서 오늘 너네 과에 유능한 수재가 한 명 갈 거야.
진아　　　　　뭔 소리야?

그때, 진아의 폰 울린다(E). 진아, 전화 받는다.

진아　　　　　(은경에게 귤껍질, 신입에게 깐 귤 건네주며) 네 수선생님. (가는)

은경, 진아에게 받은 귤껍질 보는데 딱 봐도 만들기 어려워 보이는 오징어 모양.
신입간호사, "우와~"하고 놀라는데. 은경, 신입간호사 얼굴에 귤껍질 던져버린다.

S#5. 병원 마취과 사무실 / 아침

수재의 얼굴이 보인다. 수재, 눈알 굴리며 주위를 살피다가 씨익 웃는데.
보면, 귤이 한바구니 올려 진 동그란 테이블에 수재를 포함해 진아, 나연, 마취과
수간호사가 앉아있다. 진아와 나연의 표정 무심하다.

수간호사	오늘부터 우리 과 신입으로 온 강수재 간호사야. (나연 가리키며) 이쪽은 7년차 조나연 선생. (수재 가리키며) 이쪽은 5년차 김진아 선생.
수재	(가볍게 목례하는)
은경(E)	오늘 너네 과에 유능한 수재가 한 명 갈거야. - #4.
진아	(이제야 은경의 말이 이해 간다)
나연	전 안돼요. 수쌤.
진아	저도 안돼요. 대학원 다녀야돼요.
나연	이선생이나 송선생 시키세요.
수간호사	(설득조로) 걔넨 아직 4년차잖아.
나연	우린 3년찰 때도 프리셉터했었어요.
진아	(무슨 말 나올지 예상 가는지 표정 어두워지고)
수재	(진아의 표정 보는)
수간호사	그래서, 그런 일 있었잖아. (진아 눈치 살피고) 제대로 못 가르쳐서.
나연	여튼 전 몰라요. (일어나며 테이블 위에 귤 두어 개 집어 주머니에 넣고 나가는)
수간호사	어우.. 저거 결혼하더니 더 기고만장해져서. 내 밑으로 바루 들어 왔음 제대로 태워버리는 건데.
진아	(불편한 기색)
수간호사	미안. 우선 김선생이 프리셉터를 맡아.. 오늘 오후 교육도 같이 들어가고. 바쁠 땐 조선생한테 맡기는 걸로 하자.

수재	(눈치 없이) 제가 무슨 짐짝 같네요?
수간호사	(수재의 말이 거슬리는)
진아	(눈치 채고 일어난다) 일어나요.

진아, 수간호사에게 목례하고 수재 데리고 나가는.

S#6. 병원 복도 / 아침

진아, 차트 확인하며 성큼성큼 걸어간다. 수재, 진아 뒤를 쫄래쫄래 따른다.
이제 출근하는지 가운 입지 않은 종수 보이고. 진아, 짜증 나지만 살짝 웃으며 목례.

종수	(진아 뒤의 수재 보고) 아.. 신입?
진아	네.
수재	(환히 웃으며) 강수재입니다.
종수	근데 (손가락으로 자기 얼굴 훑는 시늉하며) 액면가가.
	(다시 가던 길 가며) 역시 진아가 에이급이구나.
수재	(표정 확 굳어져서 작게 중얼) 뭐야, 저 아저씨는.
진아	(다시 빠른 걸음으로 걷고) 박종수 선생님이에요.
	아까 조선생님 남편 분이기도 하니까 입, 조심하시고.
수재	(따라가며) 근데 정확히 보시긴 했죠 뭐. 제가 간호조무사하다가
	대학 온 거라.. 쌤보다 4살 더 많습니다.
진아	(멈춰서 수재 쳐다보는데)
수재	(따라 멈추고) 아, 그렇다고 나이유세 부리는 건 아니에요.
	그리고 저희 같은 대학이에요, 선배님.
진아	(살짝 놀랐지만) 같은 학교라고 뭔가 바라려고 하지 마세요.

수재, 그런 뜻이 아니었는데 억울하다.

S#7. 병원 수술실 / 아침

진아와 수재, 장갑에 마스크까지 일체 착용하고 수술실 세팅하고 있다.
진아, 마취가스통 살피다가 주머니에서 휴대용 가스계측기 꺼낸다.
진아, 벤틀레이터 작동시켜 마취가스 틀어 대보고 화면에 30%뜨자 벤틀레이터 작동
멈춘다. 옆에서 유심히 지켜보는 수재.

진아	(기계 선 정리하며, 사무적이고 빠른 말투) 보통 학교에선 흡입, 정맥, 직장으로 마취 배웠을 거예요. 근데 직장마취는 이제 안 써요. 오늘은 흡입이고.
수재	넵!
진아	(수술대로 자리 옮겨 메스 정리 하고)
수재	(진아의 정리 방법에 의아해) 쌤 근데, 10번 메스가 없는데요? 20번 메스만 여러 갠데..
진아	박종수 선생님은 20번 메스로 열고, 절제해요.
수재	음.. 근데 그럼 환자한텐 안 좋을 수도 있는 거 아닌가요? 상처가 커질텐데.
진아	그건 우리가 상관할 바 아니고.
수재	에이, 그럼 우리가 뭘 상관해요. 우리한텐 환자가 단데.
진아	(아직 뭘 모르는군 하는 표정으로 수재 보며) 괜히 10번 메스 드리면 던지기나 하니까 다리 조심해요.
수재	아.. 민영이가 이야기해준 적 있어요. 메스 던지는 쌤이 그분이군요.
진아	(멈칫) 민영이랑.. 알아요?
수재	네.. 같은 동아리였으니까.

진아, 민영 이야기가 나오자 몸이 굳는다. 그때, 선반 위에 올려둔 진아의 폰이
진동하기 시작한다. 차가운 금속 선반 위 폰의 진동이 괴이하고 공포스럽다.

진아, 멈칫하다 얼른 폰 주머니에 넣는. 수재, 그런 진아 보다가 말 돌리려 주사기
만진다.

수재	오, OR에도 주사기가 있네요? (주사 놓는 시늉하며) 제가 간호
	조무사 때 주사 하나는 그렇게 잘 놓는다고 이야기 많이 들었거든요.
진아	(주사기 뺏으며) 뭐 배웠어요? 주사가 넣을 때만 씁니까?
	뺄 데도 쓰지?!
수재	네엡..
진아	근데, 조무사가 주사 놓는 거 불법 아니에요? 그게 자랑할 일인가?
수재	(진아 빤히 보다가) ..인력이 모자라니까요. 선배님이 수술실
	어시 업무까지 하시는 것처럼.
진아	..다음 수술방 세팅하러 가죠.

진아, 수술실 문 열고 나간다. 수재도 따라 나간다.

S#8. 병원 구내식당 / 점심

나연과 종수, 구내식당에서 같이 밥 먹고 있다. 나연, 밥맛이 별로 없는지
깨작거린다. 종수, 그런 나연 신경 안 쓰고 열심히 먹는다.

나연	(젓가락으로 밥알 세며) 왜 굳이 김진아 콜한 거예요?
종수	(자기 소세지 반찬 다 먹었는지 나연의 소세지 반찬 집어먹으며)
	너 밑에 애들 아주 멍청해. 피도 미리 준비 안 해 놓고.
나연	(식판 아예 종수 쪽으로 밀어버리고 주머니에 귤 꺼낸다)
	그건 자기가 블러드를 많이 쓰는 거고.
종수	(기분 나쁨)
나연	나 부르면 되잖아요. 집도 코앞인데.

종수	이렇게 밥도 제대로 못 먹으면서. 피 냄새 맡고 입덧이라도 하면 어떻게 해.
나연	(놀라 주위를 살피고 작게) 여기서 그런 말 하면 어떻게 해요. 나 임신순번 아니라서 아직 말 못했다고 했잖아요.

종수, 듣기 싫은 지 고개 돌리는데 진아 보인다. 종수, 나연과의 상황을
면피하려는 듯 "김선생! 일로와!"하며 진아에게 손짓한다. 진아, 반찬 마저 받고
나연의 옆에 가서 앉는다.

종수	(진아의 소세지 반찬 집어 먹으며) 이거 봐. 진아는 이렇게 센스가 있어. 내 몫을 넉넉히 퍼오잖아.

나연, 진아가 반갑지 않다. 진아, 그러려니 하며 밥 먹는다. 그때, 식당 안으로
수재와 두세명의 여자무리가 들어와 배식 받는다.

여자1	어우 언니, 여기 밥 잘 나온다.
수재	우리 병원 간호조무사도 뽑는대. 너 지원해!
여자1	오~ 그럼 이 밥 맨날 먹는 건가?

나연, 수재 보더니 건수 잡았다는 표정.

나연	교육을 어떻게 시킨 거니 넌.
진아	(그제야 수재 발견하고) 온전히 제 담당은 아니에요. 쌤하고 같이 하는 거예요.
나연	그래? 그럼 내가 교육 좀 시켜야겠네.

나연, 수재가 앉은 자리로 걸어가 뭐라 말 거는 듯. 나연과 수재, 밖으로 나간다.
진아, 신경 쓰이지만 밥 먹는다.

S#9. 병원 밖 일각 벤치 / 낮

나연 앞에 수재가 서 있는데 수재가 나연보다 머리하나가 더 큰. 나연, 팔짱 끼고
수재 올려다보지만 얼핏 보면 수재가 나연을 혼내는 것 같은 느낌. 나연, 수재에게
눈으로 앉으라 말하고, 수재 벤치에 앉는데. 이 또한 수재가 혼나는 느낌은 아니다.

나연	나 때는 말이지. 1년 동안 점심은 비상계단에서 김밥으로
	때웠어. 그래서 내가 지금도 김밥을 안 먹어.
수재	(이 말을 왜 하냐는 표정) 네에..
나연	근데 구내식당에서, 그것도 친구들까지 불러서, 점심을 드세요?
수재	음, 직원 구내식당을 간 것도 아니고요. 일반인도 출입가능한
	공간인데요.
나연	(지지 않는 수재가 어이없어 목소리 높아지며) 어어~ 그래서 쌤
	조무사 시절 친구들 불러서. 우리 병원에서, 브런치를, 어?

진아, 병원 밖으로 나와 두리번거리며 수재와 나연 찾는다. 진아, 나연의 높아진
목소리 듣고 수재와 나연에게 다가간다.

나연	프리셉티땐 잠도 3시간 이상 자면 안 되고, 밥도 10분 안에 먹고,
	화장실도 참고 참다 한 번에 몰아가는 거야! 어?
진아	(수재가 울겠다 싶어 빨리 다가가는데)
수재	..3시간만 자다가 환자 혈관 못 찾아서 마약 사범 만들면 어떻게
	해요? 밥 10분 안에 먹고 똥오줌 참다가 병나면 우리가 환자지,
	간호사가요?
진아	(!!)
나연	(수재의 반격에 당황, 황당해서) 나 때! 나 때는 말이야!
수재	(폰으로 시계 보더니) 음, 아직 점심시간 10분 남았네요. 라떼는
	로비 카페가 잘하더라구요. 그럼 전 이만, 친구들과 라떼타임

가지러. (수재, 나연에게 목례하고 돌아서다 진아 보고 살짝
웃는다) 교육시간에 뵙겠습니다, 선배님. (가는)

진아   (뭐 저런 사람이 있나 표정으로 수재 보다가, 나연 본다)

나연   (진아에게) 너 쟤, 예전처럼 학교 후배라고 봐주지 말고 교육
              잘 시켜. 쟤 제대로 안태우면 분명히 사고 한번 친다.
              아니면 내가 사고 쳐!

진아   (머리가 지끈거려 관자놀이 누르는)

간호과장(E)   다 좋은 선배들이죠, 신입 분들?

S#10. 병원 강당 / 낮

유행지난 딸기우유색 립스틱이 눈에 띄는 간호과장, 강당 앞에서 마이크 잡고
연설 중이다. 은경과 외과 신입간호사를 포함해 각과의 프리셉터 간호사와
프리셉티 간호사가 의자에 앉아 연설 듣고 있다. 진아와 수재의 모습도 보인다.
다들 조금은 지루한 표정.

간호과장   우리 병원은 서로를 존중하며 일하는 곳입니다.
              오랫동안 유지되어온 우리 병원의 전통을 이번 교육을
              통해서도 보여주시길 바랍니다.

진아   (혼잣말로) 도대체 무슨 전통..

은경   (진아 혼잣말에 굳이 대꾸) 나이팅게일 쇼.

수재, 신입간호사 (??)

간호과장   그리고 아시겠지만, 곧 있을 재단 행사에서도 우리 신입간호사
              여러분들이 좋은 무대를 보여주길 바라고 있습니다.
              작년엔 모모랜드, 재작년엔 가시나였나?
              올해는 트로트 어때요?

간호사들, 표정 안 좋다. 하지만 간호과장, 신경도 안 쓰고
"미스 트로팅게일? 어때?" 라고 신나서 이야기한다.

은경   우리가 뭐 병원 기쁨조야? 아주 간호부장 되고 싶어서 용을
       쓴다, 용을 써.

신입간호사 진짜 저희.. 저런 것도 해야 하는 거예요?

진아   ...

수재   (손을 번쩍 들더니 큰 소리로) 과장님! 올해는 제가 독무대를
       준비해보겠습니다!

진아   (!!)

간호과장 (수재 보며) 오, 그러겠어요? 이름이..

수재   강수재! 입니다!

간호과장 역시, 이름처럼 수재다. 기대할게요.

수재   (간호과장 보며 빙긋이 웃고)

간호과장 그리고, 재단 행사 다음 날부터 순서대로 프셉 1박2일 교육 있는
       거 잊지 마시고, 각과별로 확인하세요. 또, 이야기해야 할 게..

간호과장, 말 이어나간다. 수재, 경청하고. 진아, 황당한 눈빛으로 수재 본다.

S#11. 병원 강당 앞 / 낮

간호사들, 지친 표정으로 강당에서 나온다. 무리에 진아, 수재, 은경, 신입간호사 있다.

수재   (진아보다 앞서가며) 뭐얼 준비해볼까아~

진아   완전 또라이야..

은경   뭐, 너랑은 다른 방식으로 사바사바 하는 걸 수도 있잖아?

진아   (기분 상해) 내가 뭘?

은경	아, 아니. 넌 실력으로 의사쌤들한테 줄을 대고. 쟨, 간호과장 줄
	잡을려나 보지 뭐. 야망 있는 프셉커플이야~
진아	(기분 나쁘지만 참는다)

그때 진아와 은경 뒤로 나오던 응급실 간호사들, 전화 받고 앞으로 뛰어나간다.

은경	(진아 눈치 살피며) ER 바쁜가보네..

진아, 은경의 말에 계속 기분 나빠 응급실 간호사들 눈에 들어오지 않는다.

S#12. 병원 외경 / 저녁

S#13. 병원 간호사 탈의실 / 저녁

진아, 퇴근하려는지 사복으로 갈아입고 가방까지 맨다. 그때, 은경도 퇴근하려고
탈의실로 들어온다. 진아, 슬쩍 쳐다만 보고 말 붙이지 않는다.

은경	(락커 문 열며) 퇴근?
진아	어.
은경	그으래.. 오늘은 칼퇴하네?
진아	아직까진 응급수술 없으니까.
은경	아.. 사실 있을 뻔 했어.
진아	(??)
은경	아까 응급실 쌤들 뛰어간 거. 아파트에서 뛰어내린 사람
	들어왔대.
진아	..아. 병원 장례식장으로 간 거야?
은경	어..
진아	(착잡한)

은경	근데.. 그 사람 간호사였대.
진아	(!!)

S#14. 병원 장례식장 앞 / 저녁

진아, 병원 장례식장 들어가진 못하고 앞에 쭈뼛쭈뼛 서있다.

은경(E)	응급실 이쌤 후밴데, 병원에서 괴롭힘 당해서 퇴직한 상태였대. 이쌤이 너한텐 말하지 말랬는데.. 입이 방정이다.

진아, 가방에서 폰 꺼내는데 진동오고 있다. 폰엔 '민영'이라 떠있다.
진아의 눈, 떨린다.

S#15. 병원 장례식장 지하 로비 / 밤 - 회상(2년 전 여름)

진아, 검은 여름 원피스 복장으로 계단을 내려온다. 알림판에 '고인 유민영 3호실' 확인하고 무거운 발걸음을 옮긴다. 그런데, 민영의 호실에서 들려오는 시끄러운 소리.

S#16. 병원 장례식장 민영의 호실 / 밤 - 회상(2년 전 여름)

수간호사에게 매달려 있는 민영母.

민영母	(울음 섞인) 진짜 우리 민영이가 의료사고 낸 게 맞아요?
수간호사	...
민영母	(오열) 근데, 그것 때문에 우리 민영이도 죽어야 하는 거예요? 선생님.. 아무리 그래도 다른 간호사 선생님들은 우리 민영이 지켜줘야 하는 거잖아요! 이렇게 죽게 내버려두면 안 되는 거잖아요오..

진아, 안으로 들어가지 못하고 발걸음을 돌린다.

S#17. 병원 장례식장 앞 / 저녁 - 현재

진아, 결국 안으로 들어가지 못하고 몸을 돌리는데. 장례식장으로 오는 경우와
수재를 마주친다.

S#18. 포장마차 / 밤

주인이 테이블에 홍합탕 놓는다. 보면 진아, 수재, 경우가 테이블에 앉아 소주잔
기울이고 있다.

경우	우리 병원 다니던 환자였어요. 몇 달 안 나와서 걱정했는데 이런
	연락 받게 됐네..
수재	(분위기 풀려고) 전 간호조무사때 쌤 정신과에서
	근무했었거든요! 근데 두 분은..?
진아, 경우	...
수재	(진아, 경우 눈치 살피고 잔 들며) 뭐, 그냥 아는 사이시겠죠?
	그래도 이렇게 만난 것도 인연이니 짠?
진아	그냥 먹죠. (소주 원샷)
수재	(무안한 잔 든 손 거두며) 근데 그 간호사분은, 왜 그런 선택을
	한 걸까요.
경우	(진아 눈치 살짝 보고) 말하지도, 피하지도 못한 거겠죠.
	내가 잘 들어 주지 못한 걸 수도 있고.
수재	전 그래도 잘 모르겠어요. 옳은 결정은 아닌 것 같아요.
진아	(수재의 말이 마치 민영을 욕한 것처럼 들려) 그 입장 돼봤어요?
수재	네? 저는..

진아	고인이 어떤 심정이었을지는 아무도 몰라요. 옳은 결정이
	아니다? 그럼 맞는 건 뭔데요? 아무리 조무사였더라도 정신건강
	의학과있던 사람이 그런 말을 해요?
수재	...
경우	(중재하려고) 진아씨..
진아	수재씬 어떻게 하나 한번 지켜보죠 뭐. (일어서며 경우에게)
	선생님, 죄송해요. 먼저 일어날게요. (나가는)

S#19. 올림픽대교 / 밤

진아, 혼자 바람 맞으며 걷고 있다. 진동소리 들리며..

종수(E)	유민영 간호사 실수로 하자.

S#20. 병원 마취과 사무실 / 밤 - 회상(2년 전 여름)

진아, 종수, 수간호사가 테이블에 앉아있다.

종수	(진아 손잡으며) 아니, 그렇게 해주라 진아야.
진아	(손 빼며) 민영이도, 아니 우리 다 책임이 없다는 건 아니지만.
	선생님, 이거 가스업체 잘못이잖아요. 기본적으로 오투가스 통에
	아르곤가스를 담아온 걸 왜 민영이가 책임져요.
종수	그러니까 그 문제로 가지 말자는 거 아니야!
진아	고인.. 사망 원인을 조작하자는 겁니까?
종수	야! 너 말대로 하면 너도 짤려! 너가 걔 사수잖아! 아니, 우리 병원
	문 닫아 돼. 말단 간호사 실수인거랑, 병원 자체 실수인 거랑
	사안이 같을 거 같아?!

진아	(종수의 말이 무서운)
수간호사	진아야, 너가 내 자리 이어야지. 그럴려면.. 응?
진아	...

S#21. 병원 마취과 사무실 밖 / 밤 - 회상(2년 전 여름)

진아, 문 열고 나오는데 문 밖에 민영 서있다. 진아, 혹시 민영이 대화를 듣진
않았을지 두렵다. 민영의 표정은 알 수 없다. 곧, 종수가 문 열고 나온다.
종수, 민영을 발견하곤 성큼성큼 다가간다.

종수	(민영에게 삿대질) 야! 너 사람 죽여 놓고 여기가 어디라고 와!
민영	(겁에 질린) 저.. 저는..
종수	(손가락으로 민영의 머리 밀며) 너 대학 어디 나왔어?
	이래서 내가 아무리 간호사라도 대학보고 뽑자고 하는 거야!

민영, 진아를 보는데. 진아, 민영의 눈 피하고 자리를 떠난다.

S#22. 병원 수술실 앞 / 새벽 - 회상(2년 전 여름)

진아와 나연, 수술 끝났는지 환자 침대 밀며 나오고 있다. 그때, 진아 폰에 진동 온다.
진아, 폰 주머니에서 꺼내 보니 민영이다. 진아, 전화 받을지 말지 망설인다.
그때, 나연 짜증스럽게 진아 바라보며.

나연	야이씨! 집중 안할래!
진아	네. (주머니에 폰 넣는)

폰, 진아 주머니에서 몇 번 더 진동하다 멈춘다.

S#23. 올림픽대교 / 밤 - 현재

진아의 손에 폰 쥐어져 있고, 진동 계속 오고 있다. 바람 때문인지, 민영 생각 때문인지 진아의 눈에 눈물 고여 있다. 진아, 진동에 신경 쓰지 않고 한없이 강물 바라보다가 소리친다.

진아   민영아.. 난 이럴 용기도.. 그럴 용기도 없어.. 제발 그만 울려. 민영아..

S#24. 병원 전경 / 낮

영산가족의 날 현수막 걸린다.

S#25. 병원 수술실 / 낮

진아, 수술실 세팅 중이다. 수재도 옆에서 돕고 있다. 며칠 새 손에 익었는지 20번 메스 착착 정리하고 10번 메스 치우는 수재. 진아, 수재 모습 보다가 벤틀레이터 틀어 가스계측기로 검사한다.

수재   쌤, 근데 궁금한 게 있는데.
진아   (보면)
수재   (가스계측기 가리키며) 그건 뭐 하시는 거예요?
진아   (수재 보는)

S#26. 병원 수술실 복도 / 낮

진아와 수재, 세팅 끝내고 엘리베이터 앞에 서 있다.
엘리베이터, 한 칸씩 올라오는 것 보이고.

진아	가스 검사하는 거예요. 여기에 올바른 가스가 들어갔나 하는.
수재	그렇지 않은 경우도 있나요?
진아	..뭐.. (망설이다) 이 병원 가스공급업체가 GMP인증 허가업체가 아니라서. 박종수선생님 친척이 하시는 곳이에요. 의사랑 업체 이런 관계, 종종 있으니까 알고만 있으라구요.
수재	네에..

곧, 엘리베이터 문 열리며 종수와 가스업체 사장인 종수친척 내린다.
종수친척, 진아 보더니 입 찢어지게 미소 지으며.

종수친척	(엘리베이터 내리며) 진아씨~ 이게 얼마만이에요.
진아	(친절하지만 사무적으로) 아 네, 오랜만이네요.
종수	(엘리베이터 따라 내리며) 이 자식 재계약만 하고 가지, 굳이 굳이 나 따라오더니. 목적은 따루 있었구만.
수재	(무슨 상황인가 눈알 굴리며 보는데)
종수친척	(진아 보며) 지금 바쁘세요? 형이랑 같이, 차 한잔 하실까요?
진아	(곤란한 표정) 음..
수재	(진아 표정 읽고는 도와주겠다는 듯이) 쌤.
진아	..먼저 내려 가있어요.
수재	..네.

수재, 엘리베이터 탄다. 문 닫히기 전 진아, 종수, 종수친척 보는데.
종수 "둘이 딱 열두살 차이지? 딱 좋네! 내가 열세살 차이잖아~"류의 껄렁하고
무례한 농담. 종수친척, 눈치 없이 부끄럼 타고. 진아, 도살장 끌려가듯 걸음이
무겁다. 수재, 왠지 모르게 착잡한 기분. 엘리베이터 문 닫힌다.

S#27. 병원 구내식당 앞 / 낮

진아, 구내식당 앞으로 걸어온다. 진아, 좀 전 종수의 무례한 말들이 떠올라 기분 나쁘다. 곧, 구내식당 앞에 있는 수재보고 수재에게 다가가려는데. 수재, 구내식당에서 나오는 환자 보호자에게 달려간다.

수재	(보호자에게 팔짱 끼며) 아버님! 식사하시고 나오시는 거예요~?
보호자	(수재보고 웃으며) 아아니, 병원에만 있으니까 적적해서. 산책.
수재	그으치. 어머님이 빨리 회복하셔야 같이 산책데이트 하실 텐데~

진아, 수재와 환자 보호자 뒷모습 바라본다. 진아, 수재는 왜 저럴까 싶다.

S#28. 병원 구내식당 / 낮

진아와 수재, 밥 먹고 있다. 수재, 온전히 밥에 집중 못하고 주위를 살핀다.

진아	(수재가 신경 쓰여) 뭐해요?
수재	아니, 조쌤 오실까봐요. 그때 보셨잖아요.
진아	그런 거 신경 안 쓰는 줄 알았는데.
수재	저도 다 신경 쓰여요.
진아	(밥 먹던 젓가락 내려놓고) 내 생각엔, 수재씨 오지랖 줄이면 밥 먹을 시간 충분히 나올 것 같은데요.
수재	(보면)
진아	아까, 환자 보호자랑.
수재	…
진아	마취과는 환자와 보호자 굳이 상대할 필요 없어요. 그게 우리 업무도 아니고. 우린 그 기운 모아서 의사선생님들한테나 서비스하면 된다고요.
수재	..전 그럴려고 간호사가 된 게 아닌데요.

진아	(??)
수재	(오른손 올려 선서 자세) 나는 일생을 의롭게 살며 전문간호직에 최선을 다할 것을 하느님과 여러분 앞에 선서합니다. 나는 인간의 생명에 해로운 일은 어떤 상황에서도 하지 않겠습니다. 나는 간호의 수준을 높이기 위하여 전력을 다하겠으며, 간호하면서 알게 된 개인이나 가족의 사정은 비밀로 하겠습니다. 나는 성심으로 보건의료인과 협조하겠으며, (사이) 나의 간호를 받는 사람들의 안녕을 위하여 헌신하겠습니다.
진아	(한방 맞은 표정)
수재	제 간호의 대상은 의사선생님이 아니에요. 제 간호를 받는 사람들, 인간이죠.
진아	(#26. 생각나 자신이 부끄러우면서도) 뭐 틀린 말은 아니지만,
수재	(O.L) 그래도 의사선생님들에게도 제대로 서비스 하겠습니다. (식판 들고 일어서며) 나이팅게일 선서가 아닌, 나이팅게일 쇼 준비하러 먼저 일어서볼게요.

S#29. 병원 강당 / 저녁

강당 무대 위, 수재가 펑크록 분장에 선 안 꽂은 일렉 기타까지 매고 무대를 누비며 말달리자를 부른다. 강당의 많은 사람들, 예상치 못한 공연에 당황하고.
간호과장, 망했다 표정.

수재	살다 보면 그런 거지 우후 말은 되지 모두들의 잘못인가 난 모두를 알고 있지 닥터!

(간호과장 쳐다보며) 닥터!

(나연 쳐다보며) 닥터!

(종수 쳐다보며) 닥터!

닥터고 내말들어!

수재의 노래 이어진다. 간호과장, 나연, 종수의 표정 안 좋다. 진아는 쿡 웃음이
새어나오고, 혜연과 가애는 거의 처음 보는 진아의 웃음이 생경하다.

종수   (나연에게 귓속말) 야, 저거는 내 수술실에 절대 넣지 말아라.

기타 매고, 말달리자 클라이맥스 열창하는 수재.
진아는 그러면 안 되는지 알면서도 웃음이 삐직삐직 새어나온다.

S#30. 호프집 외경 / 밤

S#31. 호프집 / 밤

영산 가족의 밤 행사 뒷풀이 자리. 원로한 의료진들은 없고, 2040의 젊은 의료진들이
앉아 술 마시고 있다. 수재가 앉은 테이블에는 아무도 없다. 수재, 주위 살피더니
목젖열고 맥주 들이마신다. 진아와 종수, 같은 테이블이다.
종수, 나연에게 온 문자 확인한다. '빨리 들어와요.
짜증나게 하지 말고(E)'. 종수, 답장안하고 폰 테이블에 뒤집어 놓는다.
진아, 맥주 마시려는데 종수가 잔 부딪혀온다.

종수   짠! 하고 같이 마셔야지. 김선새앵~

진아   네에.. (술맛 떨어져 맥주 마시는 척만)

종수   역시 진아 밖에 없어. 새로 들어온 것도 아아주 엉망이고.

진아   선생님 많이 드신 것 같아요. 그만 드시죠.

종수	(진아 귀에 가까이 대고) 나 걱정해주는 거야?
진아	(흠칫 놀라고)

그때 맥주잔 들고 진아 테이블로 비틀비틀 걸어오는 수재,
종수의 귀에 "닥터!"라고 말한다.

종수	(깜짝 놀라) 에이씨, 뭐야!
수재	(혀 꼬인 채) 아까 제가 쌤들에게 바친 닥터쑝! 자알 드르셔숨까?
	(딸꾹질)
종수	(귀 만지며) 아주 저거 때문에 고막 터지겠다 진짜!
수재	(딸꾹질) 고막 트지시믄 안대져. (주머니에서 주사기 모양 젤리
	꺼내더니 귀에 주사 놓는) 삐익~ 이제 갠찮으심까?
종수	뭐야 이 미친!
진아	(예기치 못한 상황에 웃음)
수재	(종수 입에 주사 놓으며) 삐익~ 여기도 아픈가부네.

사람들, 종수에게서 수재 떼놓고. 진아, 그 모습 지켜보고 있다.

<플래시컷> #7.

수재	(주사 놓는 시늉하며) 제가 간호조무사 때 주사하나는 그렇게
	잘 놓는다고 이야기 많이 들었거든요.
진아	진짜 주사 하나는 잘 놓네.

S#32. 호프집 밖 / 밤

파장 분위기. 사람들 뿔뿔이 흩어져 집에 가고 있고. 수재, 호프집 밖 한쪽에
엎어져 자고 있다. 진아는 종수 택시 잡고 있고, 곧 택시 멈춰 선다.

종수, 택시 오르는데.

종수   (문 닫지 않고) 같은 방향이잖아? 같이 타고 가지?
진아   (수재 가리키며) 저 친구, 보내고 가겠습니다.
종수   (수재 째려보고)
진아   (가방에서 선물 상자 꺼내며 종수에게 건네고) 선생님 생일이셨
       잖아요. 일 하실 때 필요하실 것 같아서 하나 샀습니다.
종수   (금세 표정 풀어져서) 뭐 이런걸.
진아   그리고 이번 주는 신입이랑 교육가야해서 선생님 수술 못 들어
       갈 것 같아요. 조심히 가세요.

진아, 종수에게 인사하고 택시 문 닫는다. 택시, 출발한다. 진아, 한숨 한 번 크게
쉬고 수재에게 가려는데 수재 없다. 진아, 주위 살펴보면 똑바로 잘 걸어가고
있는 수재 보인다.

S#33. 병원 앞 / 아침

미니버스 서 있고, 진아와 외과 신입간호사 그 앞에서 있다. 은경, 멀리서 뛰어온다.

은경   (신입에게 화내며) 야! 너 내가 모닝콜 제대로 하랬지?!
신입간호사 죄송합니다아..

은경과 신입간호사 버스 올라타고. 진아, 곧 헐레벌떡 뛰어오는 수재 발견한다.
수재의 손에 비닐봉지 하나 들려있다. 수재, 비닐봉지 열어 진아에게 따뜻한
캔커피 하나 내민다.

진아   (살짝 웃으며) 고마워요.

진아와 수재까지 버스에 올라타고. 버스, 출발한다.

S#34. 수련원 외경 / 낮

S#35. 수련원 강당 / 낮

강당 스크린에 <간호사 이직방지 교육> 써 있고, 강사가 앞에서 강연하고 있다.
열심히 듣고 있는 간호사들. 그 틈에 진아, 수재, 은경, 신입간호사 보인다.
신입간호사, 강의 듣다가 폰 울려 메시지 확인하는데 표정 어두워진다.

S#36. 수련원 식당 앞 / 저녁

밥 먹고 나오는 진아, 수재, 은경. 은경의 후드 주머니가 불룩하다.
수재, 신발끈 풀려 묶느라 뒤쳐진다.

은경	(수재 흘끔 보고) 너 은근 저 또라이랑 잘 지낸다.
진아	나 조나연도 버틴 몸이야.
은경	그치~ 너네과 진또배기 조또라이.
수재	(신발 끈 다 묶었는지 뛰어와 껴들며) 네? 조또라이가 누구예요?
은경	(당황하며) 아 내 또라이는 도대체 어디 간 거야.

S#37. 수련원 휴게실 / 저녁

휴게실로 들어오는 진아, 수재, 은경.
구석에서 자는 건지, 무릎에 고개 박고 있는 신입간호사 보인다.

은경	(신입에게 다가가며) 야, 너 내가 시간이 남아도는 줄 알아?
	기껏 교육까지 따라와줬더니!
신입간호사	(고개 드는데 눈물 범벅)
진아, 수재	(깜짝 놀라고)

은경	(역시 놀란) 야,. 너 왜 울어. (작게) 너 이런 데서 그러면 나 찍혀.
신입간호사	주병규 환자.. 사망하셨대요. 내가 아직 애기 장난감 다 만들어 드리지도 못했는데..
진아	...

\<플래시컷> #4.
은경, 신입간호사가 만든 귤껍질 뱀과 토끼 한심하게 보고.

신입간호사	1102호 주병규 환자님이 자기 애기가 갖고 놀게 없다고... 귤껍질로 장난감이라도 만들어 달라고 하셔서...
진아	그 귤껍질..
은경	(신입이 안쓰러운 감정, 그러나 도리어 화내며) 그래서, 너 밥도 안 먹고 이러고 있는 거야?! 이런 일 비일비재한데 너 이럴 때마다 울면 나 너 다른 과로 보내 버릴 거야!
신입간호사	(일어나서) 잘못했습니다. 잘못했어요 선배님.
은경	(마음 아픈, 주머니 안에서 빵과 우유 꺼내 신입에게 쥐어주며) 이거 나 먹어! (가고)
신입간호사	(은경 뒤를 따라 가는)
진아	(신입간호사가 예쁜지, 가는 모습 바라보다가) 나는 나의 간호를 받는 사람들의 안녕을 위하여 헌신하겠습니다.
수재	(진아 본다)
진아	가끔은, 신입들이 더 간호사 같을 때도 있어요.

진아와 수재, 서로를 바라본다.

S#38. 수련원 밖 정자 / 밤

취침시간이 지났는지, 불 다 꺼진 수련원. 진아, 가로등 불빛에만 의지한 채 정자에
앉아있다. 진아의 폰, 정자에 놓여 있고. 수재, 수련원에서 나와 눈 비비며
진아 옆에 와 앉는다.

진아   (수재 보며) 왜 깼어요. 내일 교육도 타이트해요.

수재   그냥 저도 잠이 안와서요.

진아   ..수재씨.

수재   (보면)

진아   ..민영이랑은 많이 친했어요?

수재   음, 저는 그렇게 생각하는데. 민영이는 그렇게 생각했는지
          잘 모르겠네요.

진아   민영이가 친절하긴 했죠.

수재   제가 학교 다닐 때도 나이 많고, 오지랖 부려서 친구들이 별로
          없었거든요. 민영이가 선배긴 했는데, 항상 잘 챙겨줬어요.

진아   알죠?

수재   ..네? 뭘..

진아   수재씨, 관찰력 좋잖아요.

S#39. 병원 수술실 / 아침 - 회상(#7.과 같은 상황)

진아   (멈칫) 민영이랑.. 알아요?

수재   네.. 같은 동아리였으니까.

진아, 민영 이야기가 나오자 몸이 굳는다. 그때, 선반 위에 올려둔 진아의 폰이
진동하기 시작한다. 차가운 금속 선반 위 폰의 진동이 괴이하고 공포스럽다.
진아, 멈칫하다 얼른 폰 주머니에 넣는.
수재, 그런 진아 본다. 진아, 자신이 진동을 느끼는 것을 수재가 안 것을 눈치 챈다.

S#40. 수련원 밖 정자 / 밤 - 현재(#38.에 이어)

진아   관찰력 좋은 거, 마취과 간호사한테 장점이에요.

                좋은 간호사가 될 거예요, 수재씬.

수재   (살짝 웃으며) 진짜요?

진아   음.. 그 오지랖만 살짝 줄이면?

수재   근데, 잘 안 돼요 그게.. (사이) 받아보시는 건 어때요?

진아   (수재 보면)

수재   민영이의 진동이.. 자꾸 울리는 건, 민영이가 하고 싶은 말이

                있는 걸 수도 있잖아요.

진아   ..오지랖 부리지 말라니까. (진아의 폰에 진동이 오기 시작하고)

수재   (자신의 시선으론 진아의 폰에 진동이 오지 않지만) 받아보세요.

                전 이제 들어가 잘게요.

수재, 수련원 안으로 들어가고. 진아, 떨리는 손으로 진동이 오는 전화를 받는다.

진아   ..민영이니?

전화 통화하는 진아의 뒷모습이 보인다. 진아의 떨리는 어깨가 점점 잦아든다.

S#41. 수련원 외경 / 새벽->아침

새소리(E)와 함께 동이 튼다.

S#42. 수련원 몽타주 / 아침

- 간호사들, 수련원 강당에 모여 <전문간호사과정> 설명 듣고 있다.

  진아, 수재, 은경, 신입간호사 모두 경청하는 모습.

- 간호사들, 수련원 강당에서 <우리 프리셉티를 소개합니다> 경연한다.
  은경, 귤껍질로 불가사리 만들어서 신입간호사 소개하고, 진아와 수재는 그 모습 보면서
  웃는다.
- 간호사들, 수련원 식당에서 밥 먹고 있다. 진아, 수재, 은경, 신입간호사 수다 떨며
  밥 먹는 모습.

S#43. 수련원 밖 / 낮

미니버스 서 있고, 영산병원 사람들 차에 올라탄다.

진아   난 오늘 이브닝 오프에요. 조나연 선생님한테 가면 될 거에요.
수재   아.. 그래도 버스 타시고 같이 올라가시면 되지 않아요?
진아   (고개 젓고) 이 근처에 갈 데가 있어요.

곧, 진아가 부른 택시 도착한다. 진아, 택시 타고. 택시, 출발한다.

S#44. 미니버스 + 도로 / 낮

수재, 창 밖 멍하니 보다가 잠든 은경과 신입간호사 쳐다본다. 은경에게 기대어
잠들어 있는 신입, 뭔가 자세가 불편해 보인다. 은경, 자다가 일어나 자기에게
기댄 신입 불편하게 쳐다본다. 은경, 신입 머리 다시 만져서 편하게 자기 어깨에
기대게 해주고 다시 눈 감는다. 수재, 그 모습 보며 살짝 웃는다.
곧, 폰 켜서 사진첩에서 민영과 찍은 사진 보는.

S#45. 수재 원룸 / 새벽 - 회상(2년 전 여름)

수재, 침대에 잠들어 있다. 곧 수재, 폰에 진동 느껴 확인하니 민영.

수재   어어.. 민영아.

민영(E)	..누나.
수재	으응.. 말해.
민영(E)	영산병원 지원할거라고 했죠?
수재	응.. 거기 너 있으니까.
민영(E)	..가면 김진아 선배님한테 당신 잘못 아니라고 .. 말해줄 수 있어요?
수재	(졸린) 그게 무슨 말이야..

S#46. 올림픽대교 / 새벽 - 과거(2년 전 여름)

민영, 올림픽대교 위에서 수재와 통화하고 있다.

민영	그리구.. 누나 잘못두 절대루 아니야..

S#47. 미니버스 + 도로 / 낮 - 현재

수재	(민영 사진 바라보며) 민영이 니 잘못두 절대 절대 아니야.

S#48. 납골당 안 / 낮

진아, 폰으로 환하게 웃는 민영의 사진보고 있다.

진아	그냥, 무서워서.. 그리고 죄송해서.. 한 번도 못 왔어요.

진아, 납골당 안치실 본다. 민영이 아닌, 2년 전 의료사고의 피해자다.

진아	환자님의 죽음에.. 진실 되지 못해서 너무 죄송합니다..

진아, 한참을 허리 굽힌 채 펴지 못한다.

S#49. 병원 외경 / 낮

S#50. 병원 지하 주차장 / 낮

커다란 트럭에서 내리는 종수친척, 종수와 통화를 하고 있다.

종수친척   어, 형. 배달 직원이 아프다고 그래서 오늘 내가 직접 배달 왔어.

                (사이) 에이, 형 얼굴도 볼 겸~. 차나 한 잔해.

S#51. 병원 수술실 / 낮

나연과 수재, 수술실 세팅 중이다. 나연, 속이 안 좋은지 얼굴이 창백하다.
수재, 주머니에서 귤 꺼내 나연에게 준다. 나연, 귤 받아 주머니에 넣는다.
챙겨주는 수재가 은근 고맙지만 내색하지 않고 마취가스통 체크한다.
나연, 진아와 달리 마취가스통 스티커만 체크하는. 마취가스통에 스티커 뗐다
붙인 자국 남아있다.

수재   선배님.

나연   (체크하며) 왜.

수재   가스.. 체크 안 하세요?

나연   이 병원은 너어무 꼬져서 가스체크시스템이 수술실마다 없어.

수재   진아 선배님은.. 휴대용 가스계측기 들고 다니시는 것 같아서요.

나연   (유용한 정보라고 생각 들지만) ..그래? 얌체 같은 것.

                자기만 사고. 나도 하나 사야겠네.

그때, 나연 입덧 오는지 "우욱!"하고.

수재   (걱정스레 보며) 괜찮으세요?

나연   별거 없으니까.. 우욱! 나머지는 니가 세팅해. 우욱!

나연, 급하게 수술실을 나간다.

S#52. 택시 안 / 저녁

진아, 택시 타고 집으로 가고 있다. 그때, 혜연에게 전화가 온다.

진아   (전화 받으며) 네, 혜연선생님.
혜연(E)   쌤, 빨리 와보셔야 할 것 같은데요..

진아, 혜연의 통화 계속 듣는데 표정 굳어진다.

진아   (전화 끊고) 기사님, 영산종합병원이요.

S#53. 병원 전경 / 저녁

택시에서 내려 뛰어가는 진아의 모습 위로.

종수(E)   너 나 엿 먹이려고 작정했냐?!

S#54. 병원 옥상 / 저녁

종수, 수재를 위협적으로 노려보고 있다. 수재, 평소와 다르게 겁에 잔뜩 질린 얼굴이다. 살짝 떨어진 거리에 혜연과 가애 보인다.

종수   너 오늘 사람 죽일 뻔 했어! 알어?!
수재   (바들바들 떨며) 아..아니.. 저는..

종수	(가스계측기 수재의 눈앞에 들이밀며) 진아가 계측기 선물로 안줬으면 어떻게 할 뻔했어! 오늘 그 환자, 종기 떼러왔다가 그으냥 인생 쫑 날 뻔 했다고!
수재	(90도로 허리 굽히며) 죄송합니다. 정말, 정말 죄송합니다.
종수	넌 살인자야! 살인자!

S#55. 병원 옥상 문쪽 계단 / 저녁

나연, 이 모든 소리를 문 밖에서 듣고 있다. 나연의 손도 바들바들 떨린다.
하지만 나연, 문을 열고 나갈 용기가 없다. 그때, 나연의 눈에 계단 빠르게
올라오는 진아 보인다.

나연	야! 너 오늘 왜 오프냈어?! 왜! (고함치지만 손 바들바들 떨리는)
진아	(나연 간파하고 나연의 손 잡으며) 네 잘못 아니야.

나연, 진아의 말에 눈물샘 터진다. 진아, 나연을 안아주지만 시선은 옥상 문 쪽으로
향한다. 나연, 긴장이 풀려 몸에 힘이 빠지고. 진아, 수재가 걱정되지만 나연을
데리고 계단을 내려간다.

S#56. 병원 마취과 사무실 / 밤

수재, 수간호사와 테이블에 마주보고 앉아있다.

수간호사	우선 경위서만 쓰자. 강선생.
수재	..네에.
수간호사	(누구의 잘못인지 알기에 망설이며) 근데, 한 번 더 이런 일 있음..
수재	(떨리는 눈빛)

S#57. 병원 로비 / 아침

간호사들, 출근 중이다. 간호사 2명의 입에서 수재 이야기가 오르내린다.

간호사1   걔 전과하면 받아줄 거야?

간호사2   됐어. 우리 과 꼴통이 몇 명인데. 못 받아줘. 너네 과가 받아.

수재, 뒤에서 간호사1,2의 대화 듣고 있다.

수간호사(E) 한 번 더 이런 일 있음.. 사직서 내야 할 거야.

수재의 축 처진 어깨 보인다.

S#58. 병원 마취과 사무실 / 낮

진아, 환자 기록 보다가 수재 생각나는지 표정 어두워진다. 그때 혜연과 가애,
사무실로 들어온다.

가애   (진아 보며) 쌤, 오늘 오후 수술 일정 없는데 나가서
             점심 드실래요?

진아   아.. 그럴까요.

그때, 수재가 김밥 들고 사무실로 들어온다.

혜연   (눈치 보며, 은근 거절하길 바라는) 수재씨, 나가서 점심 할래요?

수재   아.. 아뇨. (김밥 보이며) 전 여기 있습니다..

진아   (수재가 안타까운)

S#59. 병원 로비 / 낮

점심 먹고 병원으로 다시 들어오는 진아, 혜연, 가애. 진아, 로비 카페에 앉아 있는 수재 발견한다. 진아, 수재와 눈 마주치고 수재에게 가려고 하는데 전화 온다.

진아   (아쉽지만 발 돌리며 전화 받고) 네, 선생님.

수재, 진아 가는 모습 바라본다.

S#60. 올림픽대교 / 낮↔밤

대교에서 보이는 한강의 낮과 밤이 두세 번 전환된다.

S#61. 마음정신건강의학과 의원 경우 진료실 / 낮

진아, 경우에게 상담 받고 있다. 진아, 이야기 하면서 손 거스러미 계속 뜯으며 불안한 심리상태 내비친다.

진아   ..수재씨가 차라리 예전처럼 오지랖 부리고, 떠들고 다녔음
                좋겠어요.

경우   작은 일이 아니잖아요.

진아   전 수재씨.. 사람들 시선 진짜 신경 안 쓴다고 생각했는데..

경우   진아씬 아직 수재씨를 잘 모르는구나.

진아   (경우의 말에 손 거스러미 뜯던 손 멈칫하고, 손가락에 피 난다.
                경우 보면)

경우   수재씬 자기 환자를 신경 쓰고 있는 거예요. 자기가 환자를 낫게
                하는 게 아니라, 다치게 했을까봐.

진아   ...

경우	(피나는 진아 손 보며) 그렇게 거슬리는 것만, 없애려고 하지
	말아요. (진아 눈 보며) 아직도, 피나잖아요.
진아	..선생님.
경우	진아씨, 나한테 말 못한 거 있죠? 이번에도, 저번에도.
진아	(떨리는 눈빛)
경우	(진아 손 끌어와 반창고 붙여주며) 근본적인 문제를 해결하지
	않으면 계속 그렇게 일어날 거예요.
진아	..그럼 제가 어떻게 해야 할까요.
경우	(미소) 비타민 주사 맞고 가요. 내가 서비스 할게.
진아	(뭔가 결심한 눈빛)

S#62. 병원 외경 / 저녁

S#63. 병원 수술실 / 저녁

진아를 포함한 의료진들, 수술준비 마치고 대기하고 있다. 무릎 염증 환자, 베드에
누워있고. 나연과 수재도 보인다. 나연, 수재를 슬쩍 쳐다보는데 환자를 보는
수재의 눈빛 불안하다. 나연, 그런 수재가 걱정되는데 종수 수술실 들어온다.
종수, 수재 보고 확 성질 돋는데, 진아와 나연보고 참는다.

종수	(깨어있는 환자 신경 쓰지 않은 채) 뭐 대단한 수술이라고
	이렇게 많이 들어와!
환자	(종수의 말로 인해 불안한 표정)

수재, 손 덜덜 떨리는데. 진아, 한 손으로 수재 손 잡아준다. 수재 손의 떨림이
진아에게까지 느껴진다.

(시간경과)

환자, 전신마취 되어있고. 종수를 포함한 의료진, 환자의 무릎에서 염증 떼어내는
수술 중이다. 진아, 환자 바이탈 체크하고 있다.

종수	메스.
나연	(종수의 손에 10번 메스 내미는데)
종수	(표정 확 굳어지며) 오늘 수술실 누가 세팅했어!
나연	(세팅 자기가 했다, 뜨끔)
종수	(조금 떨어져 있는 수재에게 10번 메스 던지며) 너지! 너가 세팅했지!
수재	(다행히 메스 피했지만 다시 덜덜 떠는)
나연	제가 했습니다.
종수	(나연에겐 화 못 내고 수재 노려보며) 으유! 으유!!
진아	(O.L) 왜 맨날 20번 메스 쓰셔서 환자 상처 크게 내세요.
종수	(진아 보며) 뭐?!
진아	조선생님은 제대로 세팅하신 거 같은데요. 선생님 제발 예술하세요.
종수	야.. 김진아. 너 돌았어?
진아	아뇨. 돌아왔습니다.
수재, 나연	(!!)

S#64. 병원 계단 / 밤

수재, 무릎에 고개 박고 쪼그려 있다. 진아, 그 앞에 서 있다가.

진아	내가 시간이 남아도는 줄 알아요? 기껏 오늘 수술 따라와줬더니.
수재	(고개 드는데 눈물 범벅)
진아	(같이 쪼그려 앉아, 따뜻하게) 왜 울어요. 이런 데서 그러면 나 찍혀요.
수재	제가 잘못해서 환자 목숨 위험하게 할 수도 있었던 거잖아요..
진아	(수재 등 쓰다듬으며) 민영이가.. 그랬어요. 우리.. 아니 수재씨

잘못 아니라고. (일어나며) 먼저 갈게요. 마음 정리하고 나와요.

진아, 계단 문 열고 나간다.

S#65. 병원 수술실 복도 끝 창가 / 밤

#1.과 같은 분위기. 창가에 올려둔 진아의 폰 보이고. 진아, 창밖 보며 서 있는데.
종수의 두터운 손에 의해 확 돌려지는 진아의 어깨. 나연을 포함한 의료진들,
종수 수술실에 없던 사람들도 그 모습 지켜보고 있다.

종수	(진아의 어깨 꽉 잡은 채) 야. 너 내가 우습냐?
진아	(종수의 손 치며) 놓고 말씀 하시죠.
종수	이게 오냐 오냐 해줬더니 이제 사리분별이 안 되나봐?
	니가 뭔데 내 수술에 감놔라 배놔라야!
진아	환자분, 다 듣고 계셨습니다. 뭐 대단한 수술도 아니라고요?
	환자분 불안한 눈빛 못 보셨어요?
종수	아.. 나 진짜. 너 같은 정신병자 간호사한테 간호 받는 게 더 불안하지!
진아	(!!)
종수	너, 정신과 다니는 거 내가 모를 줄 알았어? 너 분노조절장애냐?
	아니면 귀신이라도 들렸어?!
사람들	(수군대고)
진아	(종수 노려보는데)
종수	너 눈 뭐야?! 한 대치겠다? 눈 안 깔아? (진아 칠 듯이 손 올리며)
	이걸 확!
수재	(언제 나타났는지 종수의 팔 잡으며) 선생님.. 이, 이러시면 안돼요.
종수	(수재 보더니 잘 걸렸다 싶은, 수재의 손 뿌리치며)
	그으래. 너가 문제였어. 재 정신병도 너 때문에 온 거야.

수재	(떨며) ..
종수	(손가락으로 수재의 머리 밀며) 나이는 먹을 대로 쳐 먹어가지고, 어? 한 사람은 죽일 뻔 하고, 어? 한 사람은 돌게 만들고, 어?

종수, 수재의 머리와 어깨를 손가락으로 툭툭 밀며 치욕을 준다. 수재, 덜덜 떠는데.
진아의 눈에 그 모습 민영으로 겹쳐 보인다.

<플래시컷> #21.

종수	(민영에게 삿대질) 야! 너 사람 죽여 놓고 여기가 어디라고 와!
민영	(겁에 질린) 저.. 저는..

진아의 폰에 다시 진동이 오기 시작한다. 진아, 폰으로 다가가 전화를 받는다.
곧, 종수를 향해 폰을 있는 힘껏 던진다. 종수, 수재, 나연을 비롯한 사람들 모두
깜짝 놀라는데.

진아	(진짜 돌은 눈빛) 박종수씨! 제 프리셉터 몸에! 그리고 우리 간호사 몸에! 손대지 마십시오!!
종수	이 미친 게! 박종수?!
진아	(O.L) 2년 전, 박종수씨 친척이 운영하는 가스업체에서 산소통에 아르곤 가스 담아 와서 사망하신 환자분!
종수	(당황)
수재,사람들	(!!)
진아	그 모든 책임을 제가 다 뒤집어쓰는데도 쉬쉬했던 사람들!
나연	...
진아	제가 죽었는데도 바뀌지 않는 이 더러운 관행!
종수	(당황을 넘어선 두려움의 눈빛) 너.. 진짜.. 귀신 들린 거야?
진아	다, 고발할겁니다. 나, 유민영이!

진아, 수재의 손 잡고 자리 뜬다. 종수, 당황하면서도 사람들 눈치 살피고 나연, 그런 종수 본다.

S#66. 병원 지하 주차장 / 밤

나연, 차 운전석에 앉아있다. 생각이 많은 표정. 곧, 종수가 거칠게 차문 열고 들어온다.

종수	으유! 내가 이 병원 더러워서 관두지!
나연	관두는 거예요? 짤리는 거예요?
종수	(노려보고) 너네 집은 언제 나 병원 내줘!
나연	(한심하단 눈빛으로 종수 보고)
종수	안내줄 거면 운전이나 해!
나연	..종수야.
종수	이거까지 왜이래..?!
나연	종수야 이혼하자.
종수	(당황) 너 임신했잖아! 애기는 어떻게 하고!
나연	너 닮은 의사 자식 시키느니, 건물주 손주만 시킬게.
종수	..나, 나연아.
나연	차는 너 해라.

나연, 차 문 열고 나간다. 종수, 그 모습 황당하단 듯이 보다가 머리 쥐어 뜯는다. 망했다.

S#67. 포장마차 / 밤

진아와 수재, 포장마차에 앉아있다. 진아, 가락국수 후루룩 먹고. 수재, 그런 진아가 진아인지 민영인지 하는 눈빛으로 바라본다.

진아	(수재 눈빛 눈치 채고) 연기도 참 아무나 하는 게 아니네요.
수재	(한숨 놓이지만) ..저 때문에 선배님만 곤란하게 된 거 같아요.
진아	이제 병원 짤릴텐데 선배라고 하지 마요, 언니. 부담스럽거든요?

그때, 나연이 진아의 옆에 와서 앉으며.

나연	뭔 소리야, 박종수가 그만둬야지.
진아, 수재	(나연의 등장이 의외스럽고)
나연	..그리고 나도, 책임져야지. 너네들 선배로서, 방관자로서.
진아	(나연 보다가 포장마차 사장에게) 이모 여기 과일주스도 있나요?
사장	(별 이상한 걸 묻는다는 표정)
진아	(빠르게 수긍하고 나연에게 물 따라주며) 없대요. 물이나 마셔요.
나연	..뭐야? 알고 있었어?
진아	(말없이 자기 잔에도 물 채우고)
수재	..그럼 우리 짠, 할까요?

가볍게 잔을 맞대는 진아, 수재, 나연에서.

S#68. 병원 앞 / 밤

진아, 수재, 나연, 병원 앞을 걷고 있다.

진아	징계는 피하지 못할 거 같아요.
나연	그냥 내가 떠안을게. 나 진짜 그만둘 거야.
진아	아뇨. 공평하게 다들 벌 받아야, 이런 일이 또 없죠.

그때 수재의 폰 울리고(E), 수재 받는다.

수재	..네.
진아, 나연	(긴장한 표정)
수재	..네. 지금 가겠습니다. (하고 전화 끊는)
나연	..니가 징계야? 내가 그만둔다고 해!
수재	아니.. 콜이에요. 응급.

진아, 수재의 말이 끝나기도 전에 병원으로 달려간다.
나연과 수재도 진아의 뒤를 바짝 쫓아 병원으로 들어가고.

S#69. 병원 수술실 / 밤

진아, 수재, 나연, 딱딱 맞는 합으로 빠르게 수술실 세팅한다.
곧, 진아의 폰에 진동 오는데.

진아	(폰 받고) 세팅 완료 했습니다.

진아의 모습에서 엔딩.

끝

죽으러
왔습니다

김진선

부산여대 도서관학과 졸업
한국방송작가협회 교육원 61기 전문반 수료
venusband@hanmail.net

수상소감

몇 년 전 소중한 가족을 병으로 잃었다.

우리는 꽤 농담을 좋아하는 편이어서,

경쟁이라도 하듯 상대를 와르르 웃기고 나면 그렇게 뿌듯할 수가 없었다.

그런데 마음의 준비를 할 시간도 없이 훌쩍 내 곁의 누군가가 사라졌다.

그리고 마법처럼 모든 것이 아무 의미가 없어지는 순간이 찾아왔다.

시간조차 의미가 없었기에 그냥 흘려보냈다.

그런데 어느 날 개그 프로그램을 멍하니 보다가 웃음이 났다.

그리고 동시에 안도했다.

이제 죽을 것 같은 이 무기력에서 헤어 나올 수 있겠구나 싶었다.

내 안의 어느 구석에서 그런 의지가 자라고 있었을까?

그것을 발견해보는 글을 쓰고 싶었다.

그래도 그렇게 쓴 글이 어느 정도는 누군가를 웃게 만들었다는 것이

너무 기쁘고 감사하다.

우수상을 받으며 갈팡질팡하던 내게 큰 용기가 생겼다.

그저 이렇게 누군가를 웃음 짓게 만드는 이야기를 계속 하면 되겠구나, 싶었다.

혼자서는 결코 이어내지 못했을 글의 조각들이

선생님의 따끔한 가르침으로 마법처럼 마무리 지어졌다.

그리고 저마다 반짝이는 이야기들을 품고 있는 동기들의 조언이 얼마나 큰

자극이었는지 모른다.

모두 사랑하고, 감사드린다.

죽으러 왔습니다

기획의도

죽음의 종류를 조사하는 심리부검의의 말에 따르면,
거의 모든 자살에는 격렬한 주저의 흔적이 남는다고 한다.
죽음을 생각하지만 어쩌면 격렬하게 살고 싶은,
그들을 잡아주는 손이 더 많아졌으면 좋겠다.

로그라인

죽을 만큼 힘들지만, 죽고 싶진 않아!

등장인물

주보람 (34세 여. 콜센터 직원)

내부고발자로 낙인 찍혀 퇴사당한 후, 취업이 되지 않아
콜센터에 들어갔다. 그러나 7년 내내 콜센터를 벗어나는 것이
소원이다.

최장수 (45세 남. 계곡산장 모텔 주인)

본의 아니게 자살명소가 되어버린 모텔의 사장.
자기관리에 철저하고 음침해 보이지만, 남모를 사연이 있다.

고힘찬 (33세 남. 택배 배달원. 보람의 남자친구)

보람과 함께 내부고발자로 낙인 찍혀 퇴사당한 후 택배 일을 시작했다.
그러나 이제 무릎 연골이 닳고 닳아 일을 그만두려 한다.

이진상 (45세 남. 번개 슈퍼 사장)

모텔 근방, 산중 조그만 슈퍼를 운영하는 장수의 철없는 친구다.

강탄복 (65세 남. 번개탄 공장 사장)

40여 년 번개탄을 제조해 온 베테랑.

그의 나이가 딱 직원 평균 연령이라, 젊은 후임을 간절히 원한다.

-이외-

보람의 원룸 건물주, 콜센터 블랙리스트 나구룡, 유튜버,

콜센터 직원들, 경찰들.

줄거리

　아무리 산중의 한가한 모텔이지만, 장수는 시계처럼 정확하게 일어나 아침 운동을 한 후 모텔 업무를 시작한다. 그런데 그의 모텔에서 누군가 번개탄을 이용해 자살을 하게 되고, 설상가상 자살자의 지인이라는 유튜버가 장수의 모텔을 자살명소로 소개한다. 영상은 삭제되었지만 이미 30만 명이 그의 동영상을 시청한 탓에 장수는 더욱 더 자살하려는 자들이 모텔로 몰려오는 건 아닌 가 긴장한다. 친구 진상은 오히려 손님이 몰리면 크게 한 몫 챙겨 이곳을 뜨자 하는데, 장수는 무슨 생각에서인지 모텔을 리모델링하고 근처 도로까지 말끔하게 닦는다.

상사의 갑질 폭행을 내부고발하려다 퇴사당한 보람과 힘찬은 취업을 포기한 채 7년 여 아득바득 버티던 콜센터와 택배 일을 그만두고 드디어 전셋집을 구한다. 결혼을 보류한 채 악으로 깡으로 버텨온 이들은 앞으로 펼쳐질 꽃길을 꿈꾸며

희망에 부푸는데, 이사 당일 자신들이 전세사기를 당해 오갈 데 없어진 현실을 마주하고 절망한다. 더 이상 쥐어짜 낼 힘도 없다고 판단한 이들은 결국 사살을 결심하고, 오갈 데 없는 자신의 구질구질한 짐들에 폐기물 스티커를 붙인 후 자살명소인 계곡산장 모텔로 향한다.

과연 유튜버가 소개한 것처럼 모텔은 죽기에 더할 나위 없어 보인다. 마침 근처에는 번개탄 공장이 있고, 또 마침 그 옆 슈퍼에서는 번개탄을 판매하고 있다. 모텔의 위치 또한 공기 좋고 경치 좋은 첩첩산중이라 생의 마지막을 정리하기에도 좋을 것 같다. 그러나 비장하게 치른 번개탄 자살 1차 시도는 실패로 끝나고, 이들은 뭔지 모를 감정에 북받쳐 서로를 부둥켜안고 펑펑 눈물을 터뜨린다. 모텔 주인의 권유로 술과 고기를 너무 과하게 섭취했기 때문일까, 아무튼 자살 실패로 이들은 또 한 번 갈등을 겪는다. 숙박을 연장하고 번개탄을 추가 구입하여 끝장을 볼 것인가, 아니면 숙면에 가까웠던 임사체험을 계기로 다시 한 번 살아 볼 것인가. 그러나 갈등하는 힘찬과는 달리 보람은 다시 자살을 선택하고, 힘찬 역시 그녀를 따르기로 한다. 그런데 공휴일이라 슈퍼와 번개탄 공장까지 문을 닫자 자살을 다음날로 미루는데, 그날 저녁 이들은 누가 음식에 탔을지 모를 수면제를 복용하고 다음날까지 깊은 잠에 빠진다.

과연 누가 수면제를 탄 것일까, 서로를 의심하기 시작한 보람과 힘찬. 그러나 사고로 위험에 빠진 보람을 힘찬이 구해낸 뒤 이들의 의심의 화살은 모텔 주인 장수에게로 향한다. 룸의 벽걸이 에어컨으로 가려진 수상한 배관을 발견한 이들은 모텔을 좀 더 조사해 보는데, 주인이 층 전체를 폐쇄한 3층의 한 룸에서 수많은 자살 도구들과 유튜버의 사진들을 보게 된다. 모텔 주인은 유튜버와 공모하여 모텔을 자살명소로 홍보하려는 것일까? 뜻대로 죽지 않으면 주인이 직접 나서서 죽여 버리는 게 아닐까? 그렇게 추리한 이들은 조용히 짐을 챙겨 모텔을 벗어나려 한다.

두망을 치려던 보람과 힘찬은 시동이 걸리지 않는 차량을 버려둔 체 산 속을 헤맨다. 자신들을 뒤쫓던 장수를 피해 도망치다 보니 어느덧 사냥터에 다다른 것인데, 이들은 사냥꾼이 풀어 놓은 사냥개에 쫓기기도 하고 멧돼지에 기겁해 가며 우여곡절 끝에 슈퍼로 뛰어든다. 그러나 배터리가 다 된 휴대폰을 충전하며 한숨을 돌리던 이들은 슈퍼 주인 진상이 장수와 은밀히 통화하는 소리를 듣게 되고, 또다시 도망을 치다가 자신들에게 엽총을 겨눈 장수와 맞닥뜨린다. 그런데 장수의 총알은 보람이 아닌 그녀 뒤로 나타난 멧돼지를 죽이고, 장수는 슈퍼에서

힘찬의 폰이 켜지자마자 출동한 경찰에게 이들을 데려간다.

보람과 힘찬은 경찰을 통해 내내 의심하던 장수에 대한 진실을 알게 된다. 장수는 3년 전 위암 수술을 한 후 보험금으로 요양을 위해 산중 모텔을 인수했다.

그러나 언제 암이 재발할지 모른다는 불안감으로 하루하루를 버텨내던 중 뜻하지 않게 모텔이 자살명소가 되면서 난감해 졌는데, 그는 이왕 이렇게 된 김에 죽으러 온 손님들이 자살을 포기하게 만들 계획을 세운 것이었다. 그렇게 각 룸에 번개탄 연기를 빼낼 배관을 은밀히 설치하고, 만약을 대비해 병원으로 향하는 도로까지 길을 닦아둔 것. 또한 탄소감지센서를 설치하고, 치명적인 자살 도구는 미리 훔쳐 숨겨 두었다. 경찰은 응급구조사 자격증까지 따고 자살자들이 몰려드는 모텔을 운영하는 장수의 진심을 잘 알고 있었다.

보통 자살을 하려던 손님들은 첫날 번개탄 시도가 실패하면 퉁퉁 부은 눈으로 후련하게 돌아가기 마련인데, 보람과 힘찬은 그러지 않았다. 변수는 거기서부터 시작되어 마침 공휴일이라 번개탄을 살 수 없었고, 그날 마침 장수가 의미심장한 문자를 보낸 유튜버를 만나기 위해 모텔을 비워야했으며, 장수가 그들이 죽을까봐 어쩔 수 없이 수면유도제로 잠들게 했고, 이들이 배관을 발견한 후 자살도구들이 즐비한 비밀의 방을 염탐한 것이다. 게다가 경찰에 신고하려는 이들을

보며 장수에게 연락을 한 진상의 전화통화 또한 마지막 변수.

장수는 그렇게 주의를 주었건만, 수렵허가구역으로 보람과 힘찬이 들어가자 불안한 마음에 따라붙었고, 결국 멧돼지로부터, 자살의 유혹으로부터 이들을 구해내었다. 보람이 총을 겨눈 장수에게 살려달라며 울부짖고 총소리에 기절까지 한 것은 그녀 자신도 몰랐던, 살고 싶었던 마음이었다.

경찰들은 보람과 힘찬에게 총 세 건의 신고가 있었다며 그 내용을 들려준다. 그들이 살던 원룸 건물의 주인은 이들이 전세사기를 당했다며 살림들을 미련 없이 버리고 떠난 게 아무래도 불길해 자살의심 신고를 했고, 보람의 콜센터 블랙리스트인 나구룡씨는 세상 끝난 표정으로 자신의 근무지를 찾아왔던 그녀를 신고했다. 그리고 콜센터 직속 상사인 팀장까지 그녀의 수상한 결심을 눈치 챘던 것. 그러나 둘의 휴대폰이 꺼져 있어 위치 추적을 할 수 없었는데, 이들이 슈퍼에서 휴대폰을 충전하면서 위치가 파악된 것이었다.

세상에 내 편이 아무도 없을 수도 있다. 그러나 보람과 힘찬의 자살 의도를 눈치 챈 이들은 모두 그들의 죽음을 막기 위해 노력했다. 장수의 말처럼 우리는 이 세상에 살기 위해 왔지만, 어찌 보면 죽으러 온 것이기도 하다. 어차피 하루하루 죽어가고 있는 삶, 곁에 누구라도 있다면 서두를 필요는 없지 않을까.

힘찬은 번개탄 공장의 신입 일꾼이 되어 기술을 전수받기 시작하고, 보람은 장수의 모텔에서 멧돼지고기 전문 식당을 운영한다. 그리고 여전히 예약이 넘쳐나는 수상한 계곡산장 모텔의 영업은 계속된다.

S#1. 계곡산장 모텔 303호 / 새벽.

가슴에 손을 모아 얹고 침대에 누운 어느 사내.
판타지처럼 그의 주변으로 하얀 연기가 아른거린다.
이때 경건하게 감은 사내의 눈에 눈물이 주르륵 흘러내리고,
곧 눈물 콧물 쏟으며 서럽게 엉엉 울기 시작한다.
화면 뒤로 빠지면 침대 아래 숯 통에 피워진 번개탄이 붉게 타들어가고 있는데,
사내 결국 안 되겠는지 몸을 벌떡 일으켜 창문과 문틈마다 꼼꼼히 붙여진
청 테이프를 뜯어내려 한다.
그러나 유독가스에 취해 비틀거리며 손가락에도 힘이 들어가지 않고, 다급하게
창유리를 손으로 깨는데 겨우 성공했지만... 2중창 앞에 스르르 쓰러진다.

S#2. 숲 속 계곡 / 새벽.

장수(45세, 남) 첩첩산중 속 계곡을 따라 조깅 중인 모습이 부감으로 보여 지고,
3개 층에 스무 개 정도의 객실을 보유한 '계곡산장 모텔'앞에 다다른다.
장수 호흡을 고르며 모텔을 올려다보는데, 3층 어느 객실 유리창이 빛에 반사되어
깨진 게 보인다. 고개를 갸웃하는 장수.

S#3. 모텔 3층 복도.

장수 문으로 쿵쿵 몸을 날리자 이내 문이 쩍- 하고 열린다.
문 가장자리에 붙어 있던 청 테이프, 그리고 방 안 가득한 뿌연 연기.
숯 통에 번개탄이 하얗게 재가 되었고, 사내 깨진 창문 앞에 쓰러져 죽어 있다.
<cut to.> 경찰들 현장을 정리 중이고, 복도에 우두커니 선 장수.

경찰1   (번개탄 통 들어 보이며) 이건 손님이 사 오신 건가요?
장수   ...그렇겠죠.
경찰2   (침대 밑 종이를 가져와 보이며) 팀장님, 유서도 있고, 신변비관

자살인 것 같습니다.

경찰1   (깨진 유리를 살피며) 그래도 살려고 했던 것 같은데..

타이틀. 죽으러 왔습니다.

S#4. 에프쇼핑 콜센터 사무실.

각자의 통화 소리로 시끌벅적한 콜센터 사무실.
칸막이 안으로 수십 명의 직원들이 헤드셋을 착용한 체 업무 중이다.
사무실 한쪽, 상대적으로 개인 공간도 널찍하고 아늑해 보이는 cs팀 부스 안,
보람(34세, 여)을 포함해 대여섯 명의 근무자가 통화 업무에 열중해 있다.

구룡   (F) 야이 삐리리야 이건 사기잖아, 사기광고에 놀아난 내가
          미친놈이지?

보람   나구룡 고객님, 쇼핑에 만족을 드리지 못해 정말 죄송합니다.

구룡   (F) 만족 같은 소리하고 있네, 쓸 만하게라도 만들었어야지!

보람   고객님, 그러시면 제가 반품을 도와드릴까요?

구룡   (F) 됐고, 도대체 언제 만족할 수 있나 끝까지 한 번 써 볼라니까,
          내 전화 피하지 말어, 주보람씨.

보람   네, 언제나 고객님의 소중한 의견에 귀 기울이는 에프쇼핑이
          되겠습니다.
          (구룡 전화 뚝 끊고) 감사합니다, 고객님.. (혼자) 하아- 죽고 싶다..

보람의 혼잣말에 힐끔 그녀를 돌아보는 팀장. 보람이 자리를 뜨자 따라 나간다.

S#5. 콜센터 휴게실.

20대의 어린 직원들 보람과 팀장이 들어서자 고개만 까딱하곤 줄줄이 빠져나가고,

팀장 자판기 음료를 뽑아 건네며 보람 앞에 앉는다.

팀장 재들은 상사고 나발이고 인사도 없어.

보람 (소파에 축 늘어지며) 고개 까딱했어요.

팀장 내 눈에 뭐 초고속 카메라라도 탑재해야 재들 인사를 볼 수

있는 거냐?

보람 재들 초고속으로 그만 둘 거니까 그러려니 하세요,

여기를 직장이라고 생각해야 상사도 어렵고 그런 거지.

팀장 하긴, 나도 곧 그만 둘 거라면서 10년이나 버텼네.

보람 저도 7년이나 버텼네요.

팀장 그래도 너 곧 적금 만기라며, 집도 구했다며,

보람 (표정 풀리며) 히히.. 팀장님, 저 그럼 여기 진짜 그만둘지도

몰라요. 힘찬이가 직장 그만 두고 둘이 가게 한 번 해보자는데.

팀장 그래, 너라도 여기서 나가라 좀. 진심이다.

S#6. 도심 - 주택가.

도심 도로를 달리는 힘찬(33세, 남. 보람의 남친)의 택배차량이 주택가로 접어든다.
힘찬 차에서 내려 배달할 물건들을 체크하고, 휴대폰으로 전화를 건다.

힘찬 택밴데요, 댁에 계세요? ...네, 그럼 문 앞에 두겠습니다.

S#7. 빌라 내부 복도.

엘리베이터 없는 빌라 5층.
힘찬 생수 2리터 묶음을 양 손에 들고 와, 총 10묶음을 오르락내리락하며 쌓는다.
거친 숨 몰아쉬고 내려가려는데, 순간 집안에서 새어나오는 재채기 소리.

힘찬 외시경을 힐끔 의식하며 모른 척 돌아서는데,

이때 다른 세입자가 계단을 뛰어 내려가고, 집주인 그 발소리를 오해했는지 문을 빼꼼 열다가 힘찬과 눈이 딱 마주친다.

못 본 척 잽싸게 계단을 뛰어 내려가는 힘찬.

S#8. 콜센터 사무실 / 오후.

창밖으로 석양이 지고, 보람 머리칼을 움켜쥔 채 통화업무 중이다.

구룡   (F) 이거 차면 허리가 안 아프다메, 힘을 실어 준다메, 어째 땀만
　　　　　차고 힘들기는 마찬가지냐? 그런 식으로 홍보를 하면 안 되지,
　　　　　언제는 사랑한다며, 사랑합니다, 고객님, 해놓고 이렇게 배신
　　　　　때리기야?

보람   상품에 만족을 못 드려 정말 죄송합니다, 나구룡 고객님.

구룡   (F) 그러니까 니네가 에프쇼핑인 거 아냐, 에이뿔이어도 모자랄
　　　　　판국에. 내가 대 삼중물산 과장 자리에 올라보니까 세상이 비로소
　　　　　보여. 명품이 아니면 짓밟힌다고. 너처럼 굽실거리는 인생을 살게
　　　　　된다 이거지.

보람   네, 저희는 명품은 아니지만 저가의 실용적인 상품을 주로
　　　　　취급하는..

구룡   (F) 앵무새냐? 그 소리 나한테 몇 번짼 줄 알아? 한심하다.
　　　　　(통화 뚝 끊고)

보람   (쿠션으로 입 틀어막고) 그럼 에이뿔 쇼핑하고 거래를 해
　　　　　이 자식아-!!

헤드셋 벗고, 가방을 들고 벌떡 일어서는 보람의 어깨를 팀장의 손이 턱 붙잡는다.

보람   아 왜요, 퇴근 시간인데.

팀장	너 또 삼중물산 가는 거지?
보람	..아니거든요.
팀장	얼굴도 모르면서 왜 자꾸 거길 뽀르르 달려가니?
보람	(히스테릭) 몰라요! 전 굽실거리면서 사는 에프급 인생이니까!

S#9. 보람의 차 안.

보람 삼중물산 건물 맞은편에 차를 세우고,
퇴근하는 직원들이 쏟아져 나오는 입구를 뚫어져라 노려본다.

S#10. 삼중물산 로비.

경비 둘 회사 맞은편에 선 보람의 차를 본다.

경비1	저 여자 또 왔네..
경비2(구룡)	누구?
경비1	저 빨간 차. 항상 이짝을 뚫어져라 본다?
경비2	뭐, 속 썩이는 애인이 여기 있나 부지,

S#11. 보람 힘찬의 원룸 안 / 밤.

번듯한 가구 하나 없이, 짐을 쌓아놓기 급급해 보이는 원룸 내부.
보람 침대에 멍하니 누워 있고, 힘찬 옆에 앉아 무릎에 파스를 떼어내고 있다.
털이 무성한 시커먼 다리 중 네모나게 뽀얀 자리에 맞춰 새 파스를 붙이고,

힘찬	뭘 그렇게 생각해,
보람	죽고 싶지 않다고 세뇌하는 중.
힘찬	그러고 있지 말고 산책이나 갈래?

보람	이 밤에 무슨. 파스 빨로 움직이는 다리 불쌍치도 않냐.
힘찬	..아! 우리 집 가 보자.
보람	뭐? (생각하다 피식 웃고) 아직 아니잖아.
힘찬	이제 거의 우리 집이나 마찬가지지.

힘찬 벌떡 일어나 손 내밀고, 보람 결국 힘찬의 손을 잡고 몸을 일으킨다.

S#12. 빌라단지 / 밤.

깔끔한 신축 빌라단지.
보람과 힘찬 차에서 내려 단지를 올려다보니 흐뭇하다.

힘찬	잘 있네, 우리 집.
보람	돈 3억 달랑 이 집 하나구나. 7년간 영혼을 갈아 넣었는데.
힘찬	들어가 볼까?
보람	뭘 그렇게까지..

S#13. 빌라 내부 / 밤.

보람 도어락에 비밀번호 54321을 누르자 경쾌한 소리 울리며 문이 열린다.
보람과 힘찬 새집 냄새를 킁킁 만끽하며 안으로 들어서는데,
거실 중앙에 떡하니 놓인 빨간 밥솥 하나.
둘 의아해 열어보면, 안에 소금이 채워져 있다.

보람	이게 뭐지?
힘찬	울 엄마가 이사 다닐 때 이렇게 했는데.
보람	왜?
힘찬	이전 집에서 붙은 불운을 털어내고, 복 많이 들어오라고.

보람	아- ..아니 그래서 누가 갔다 놨냐고?
힘찬	글쎄.. 부동산에서?
보람	부동산?
힘찬	입주 축하 뭐 이런 거 아닐까?
보람	전화해 볼까?
힘찬	(전화 거는데 안 받고) 너무 늦었나?

S#14. 옥탑방 스튜디오.

어느 유튜버가 옥탑방에 조잡하게 만들어진 1인 스튜디오에서 방송 중이다.

유튜버	형이 특정 단어는 쓸 수 없으니까 돌려서 말해볼게.
	사진에 검은 띠 딱 두르고 싶은 분들 주목! 여기 진짜 명소야.
	우리 뭣 같이 살았어도 아름답게 갈 권리 정도는 있잖아?
	그래서 형이 추천한다. 평탄리 계곡산장 모텔!

S#15. 보람의 원룸 안 / 밤.

힘찬과 보람 나란히 누워 전 씬 유튜버의 방송을 보고 있다.

유튜버	그런데 여기가 더 골 때리는 게 뭔지 알아?
	조금만 올라가면 60년 역사의 번개탄 공장이 있다는 거.
	또 그 옆에 번개탄 파는 슈퍼도 하나 있다.
	얼마 전에 우리 동네 분식집 사장님이 여기서 그만..
	(감정 추스르고) 나, 누가 신고해서 곧 노딱 붙겠지?
	영상 삭제되겠지?
	그래도 형 진지하다. 이번 생은 미련 없어 진짜..

<ins.> 영상 밑으로 달린 댓글들.

-헐.. 구글 지도 돌려봤는데 귀곡산장 저거 진짜 있음.

-님, 귀곡산장 아니고 계곡산장입니다. 저도 찾아봄.

-이름만 산장이고 모텔임.

-야, 우리 이러다 저기서 다 만나는 거 아니냐. ㅋㅋㅋ

-형, 고마워요 진짜.. 저도 개진지함.

보람	너는 뭘 이런 걸 보고 있어,
힘찬	예전에 가끔 보던 채널인데.. 분위기 완전 맛이 갔네?
보람	잉? 맞다, 이 사람 취준생 8년차 그 사람 맞지?
힘찬	전에는 이력서 내고 불합격 통보 받는 걸 생중계했었거든.
보람	그래, 그걸로 위로가 좀 되던 때도 있었지.
힘찬	서로 잘해보자, 취업 정보도 공유하고 그랬었는데.
보람	이렇게 자살명소까지 소개하는 건 좀 아니지 않아?
	(휴대폰 뺏고) 보지 마 이런 거.

S#16. 번개 슈퍼 앞 / 밤.

유튜브 영상 진상(45세 남. 번개 슈퍼 사장)의 폰으로 이어지고,
영상 속에는 장수의 모텔이 어지럽게 비춰지고 있다.
인부들이 모텔 리모델링 공사 중이고, 마당에 장수와 진상이 보고 있다.

유튜버	(속삭이듯) 여러분들의 열화와 같은 구독 좋아요에 힘입어 현장 취재를 나왔다. 오늘 거금 털어서 여기 하루 묵어볼까 했는데 까었어. 공사 중이래. 보다시피 여기 돈 좀 번 듯.
진상	(장수에게) 너, 리모델링까지 하는 건 너무 적극적인 거 아니냐?

영상 속 장수 대꾸 없이 모텔 옆으로 돌아보면, 도로도 포장 공사가 한창이다.

진상	뭐야, 도로까지 닦게? 너 이 자식.. 돈에 눈이 멀었구나?

이때 장수 뒤를 슥 돌아보자 화면 흔들리며 영상이 끊긴다.
진상 폰을 내리면,
번개 슈퍼 앞에서 소주를 마시는 장수, 진상, 탄복(65세, 남. 번개탄 공장 사장).
장수는 소주 대신 사이다를 따라 마시고 있다.

장수	이게 다 뭔 소리야? 그러니까 여기가 자살명소라고?
진상	조회수가 벌써 30만이야. 그 중에 10프로만 와도 3만 명인데..
장수	뭐? 3만 명이 여기 죽으러 온다고?
진상	가만.. 우리 이참에 확 땡겨서 여기 뜰래?
장수	...너부터 죽으러 올래?
진상	너도 임마, 다 생각이 있어서 리모델링도 하고 그런 거 아냐?
탄복	사람이 죽어 나갔는데 좋댄다,
진상	누가 좋대요, 그냥.. 장사 좀 해보자는 거지.
탄복	너 임마, 이제 슈퍼에서 번개탄 팔지 말어. 납품 끝이야.
진상	아직 연탄 때는 어르신들 있잖아요, 그리고 번개탄 공장 옆에서 굳이 번개탄을 또 안 파는 것도 이상하지 않아요?
탄복	이상하지 않을랑.
진상	번개탄 팔아서 떼 부자 되겠어요? 우리 절차 다 준수해서 팔아요, 그리고 죽을 결심으로 어디선들 못 사옵니까? 청산가리도 구해내는 판국에.
탄복	내가 번개탄으로 누가 죽었다 그러면 기분이 안 좋을랑, 그러라고 만든 게 아닌데 말이야.
진상	그렇죠, 저도 그러라고 파는 건 아니걸랑요?

S#17. 보람의 원룸 안.

보람과 힘찬 이삿짐을 싸고 있다.

힘찬 부려져서 테이프를 발라 놓은 건조대를 버리려는데, 보람 도로 박스에 담고,

보람	다시 사려면 다 돈이야.
힘찬	에이 진짜..
보람	(시무룩한 힘찬에게 픽 웃고) 그 동안 수고했어.
힘찬	갑자기?
보람	솔직히 중간에 포기할 줄 알았거든.
힘찬	내가?
보람	아니, 내가.
힘찬	(보람 다독이고) 우리 이제 식도 올리고 아이도 빨리 갖자. 그리고 우리..
보람	뭐, 또 식당 하자고? 여유자금 더 가지고 해야지, 못 버티면 어쩌려고.
힘찬	종수 형이 재료공급부터 노하우까지 다 전수해주기로 했어.
보람	그 사람 말 믿어도 돼? 그냥 다 가르쳐준다고?
힘찬	그럼, 장사되는 거 봐서 로열티 좀 챙겨주면 되지. 그 형 동생들도 잘 챙기고 사람 좋다니까?
보람	힘찬이 넌 사람을 너무 잘 믿어서 문제야.
힘찬	그래도 똑 부러지는 누나 덕분에 집도 샀지요.
보람	(눈물 핑 돌고) 칫, 이럴 때만 누나지?
힘찬	(보람 눈물 닦아주며) 왜 울어,
보람	모르겠어. 우리한테 새집이라니, 너무 좋아서 실감이 안 나.

S#18. 원룸 건물 주차장-도로-신축빌라 단지.

이삿짐 트럭에 짐들이 다 실리고, 트럭 뒤로 보람과 힘찬의 차가 출발한다.

하늘도 맑고, 해도 쨍쨍하고, 보람과 힘찬의 표정도 환하다.
신나는 음악과 함께 도로를 달리던 트럭과 보람의 차가 신축빌라 단지로 들어선다.

S#19. 빌라 복도.

보람과 힘찬 도어락에 54321 키를 누르는데, 맞지 않아 계속 삑삑거린다.
이때 문을 열고 나와 보는 집주인.

주인	누구세요?
보람	아, 오늘 이사 들어오기로 한 사람인데요, 여기.. 새집인데?
주인	우리 집 내놓은 적 없는데? 여기 들어온 지 한 달도 안 됐어요.

보람 집 계약서를 꺼내 호수를 확인하는데,
수상하게 보던 주인 계약서를 곁으로 보다가,

주인	어? 여기 집 주인 강동원씬데? 연예인 이름이라 기억하거든요.
	토지대장하고 안 맞춰 보셨어요?
보람,힘찬	네?!

S#20. 부동산 앞.

부동산 문구의 썬팅지가 아직 붙어 있지만,
가게에서는 속옷과 조잡한 화장품 등을 문 앞까지 죽 늘어놓은 채 팔고 있다.
입구에 붙은 '임대 문의'를 보며 당황한 보람 가게 주인을 붙들고,

보람	저기요, 여기 부동산 사람들 어디 갔어요?
주인	네? 여기 부동산이었나?
보람	저기 부동산이라고 붙어 있는데 왜 몰라요?!

| 주인 | 아니 왜 화를 내요? 우리 같은 보따리 장사가 뭘 안다고? |

S#21. 경찰서 안.

보람 구석 소파에 멍하게 앉아 있고, 힘찬 어느 경찰에게 하소연 중이다.

힘찬	그 빌라는 부동산에서 관리를 위임받았다고 했거든요, 위임장도
	다 봤는데..
경찰	전형적인 전세 사긴데, 좀 더 알아보시지 그러셨어요.
힘찬	..그럼 이 사람 잡을 수는 있는 겁니까?
경찰	일단 수배를 내려 보긴 하는데요, 워낙 정보가 없어서..

경찰 힘찬이 건넨 부동산 명함을 안타깝게 본다.
이때 보람 아악-! 머리를 마구 흩트리며 짐승 같은 울음을 터뜨린다.
주변에 있던 화려한 문신의 사내들 우리 탓이 아니라는 듯 두 손을 들어 보이고,
보람 달려와 다독이는 힘찬의 등을 마구 때리며 격렬하게 운다.

S#22. 빌라 주차장.

힘찬 몸부림치며 펑펑 우는 보람을 부축해 차에 겨우 태우고,
이삿짐센터 직원들 차 앞에 앉아 커피를 마시다가 둘을 보고 놀라 일어선다.

직원1	저.. 어쩌죠? 시간 다 되가는데. 저희가 다음 예약이 또 잡혀
	있어서,
힘찬	일단.. 왔던 데로 다시 돌아가 주시겠어요?
직원2	아니 왜..

눈치 없는 직원2의 옆구리를 고참 직원1이 툭 치고, 직원들 눈치껏 차에 오른다.

힘찬 아직 펑펑 우는 보람의 안전벨트를 채워준 후 유턴하는 이사트럭을 뒤따른다.

S#23. 원룸 복도.

한창 이삿짐이 들어오고 있는 원룸.
원룸의 새 주인, 끅끅거리며 선글라스를 낀 보람과 힘찬이 복도에 서 있어
걸리적거리지만, 그들의 절망적인 분위기에 뭐라 말을 건네지 못한다.

힘찬   (전화 걸고) 저.. 오늘 이사 나갔던 310혼데요, 건물에 혹시 빈 방

     있을까요?

S#24. 원룸 건물 앞.

보람과 힘찬의 짐들이 건물 앞으로 쌓여 있다.

직원2   여기 두시게요? 밤에 비 온댔는데?
직원1   (직원2 옆구리를 또 쿡 찌르고) 그럼 저흰 이만 가보겠습니다.

고참을 따라 직원들 차에 오르고, 트럭이 떠나자 쌓아놓은 짐들이 더욱 초라하다.

힘찬   어쩌지?
보람   이렇게 쌓아놓고 보니까 참 구질구질하다.. 중요한 것도 없는데

     싹 버릴까?

     강원도 너네 집까지 실어갈 돈이면 이거 다시 다 사고 남지.
힘찬   우리 집? 거기 쌓아놓을 데도 없다.

<cut to.> 옷은 의류수거함 옆에, 큰살림들엔 구청 스티커를 붙이고, 잡동사니들은
100리터 종량제 봉투 몇 개에 담겨진다. 이때 건물 주인이 다가오고,

보람	죄송해요, 빨리 수거해 가도록 전화해 볼게요.
주인	다 버리게? 아니 새 집은 어쩌고?
보람	저희가 사기를 당해서.. 둘 곳이 없네요.
주인	아이구 어째, 빈 방도 없고.. 그래도 갖고 있어야지, 또 사려면 다 돈이야.
보람	이제 됐어요. 그 동안 감사했습니다.

보람 선글라스 벗으며 꾸벅 인사하는데,
집주인 퉁퉁 부어올라 잘 떠지지도 않는 보람의 눈을 보며 흠칫 놀란다.
차에 올라 떠나는 보람과 힘찬을 걱정스럽게 보는 집주인의 시선.

S#25. 인천 모텔 / 밤.

허름한 모텔 창밖으로 비가 세차게 내리고, 보람과 힘찬 침대에 우두커니 앉아있다.

보람	돈 3억.. 장장 7년간의 우리 목숨 값인데.. 너는 다시 반복할 수 있겠어? 난 죽어도 못해 이제.
힘찬	보자마자 딱 우리 집이다, 했는데.. 우리 어떡하냐?
보람	나...... 죽고 싶어.
힘찬	보람아..
보람	세상이 죽어라, 죽어라, 하잖아. 그런데 언제까지 버텨야 돼?

S#26. 계곡산장 모텔 3층 / 밤.

장수 주변을 둘러본 후 자물쇠가 굳게 달린 303호의 문을 연다.
컴컴한 방 안으로 들어가 검은 비닐에 들고 온 무언가를 정리하는 장수의 뒷모습.

S#27. 인천 모텔 / 밤.

침대에 심각하게 마주앉은 보람과 힘찬.

힘찬   떨어져 죽는 게 제일 확실한데, 대부분 중간에 심장마비로
                죽는데. 끝까지 정신 차리고 참아내면 두개골이 파열되는 고통을
                느끼겠지.

<ins.> 허공에서 추락하고 있는 보람.
아래를 보더니 갑자기 심장을 부여잡고 게거품에 눈을 까뒤집으며 사망한다.

보람   그건 아닌 것 같다. 무서워서 죽고 싶진 않아. 나 고소공포증 심해.
힘찬   약은 만약 깨어나면 평생 위장병을 달고 살아야하는 경우가
                대부분이래. 청산가리 정도가 아니면 위장이 다 녹아도 사람이
                약으로 죽긴 힘들대.
보람   가뜩이나 앉아서 욕만 먹고 사느라 신물 쓴물 다 역류하는
                판국에, 내 위장이 너무 불쌍해서 그건 안 되겠어.
힘찬   청산가리는 판매루트 찾기가 너무 힘들어.
보람   농약 같은 건 어때?
힘찬   농약은 요즘 구토유발제를 넣어서 먹으면 다 토해내게 만든다는데.

<ins.> 옆에 해골 그림 그려진 농약병 쓰러져 있고, 변기에 좍좍 토해내는 보람.

보람   뭐야 씨, 왜 이렇게 어렵게 만들어 놨어? 죽으라는 거야, 말라는 거야?
힘찬   ...말라는 거지.
보람   ....
힘찬   물에 빠져 죽는 건..
보람   나 수영 못 해.

힘찬	그럼 잘된 거 아닌가? 살아나올 수 없잖아.
보람	넌 사람이 어쩜 그렇게 냉정하니? 잔인해..
힘찬	(억울).. 아니, 죽겠다며,
보람	그래도 헤엄 못 쳐서 죽는 거하고, 할 줄 알지만 죽는 거 하고 같아?
힘찬	...?(어렵다.)
보람	내 말은, 죽는 순간엔 뭔가 삶을 되돌아보면서 내 의지로 가고 싶다 이거지. 두려움에 발버둥 치면서 죽고 싶진 않다고. 그냥 심플하게 손목을 그으면?
힘찬	그게 심플하지가 않아. 칼로 긋는 정도론 소용없고, 거의 뼈까지 반을 썰어내야 동맥에 닿을 수 있다던데?

<ins.> 도마 위 동태를 칼로 팍 내려찍는 보람. 서너 번 찍자 그제야 두 동강 난다.

보람	(끔찍해 눈을 꾹 감고) 어우..
힘찬	그럴 경우 주저흔이 백 개 가까이 생기는데.
보람	백 개나? 왜?
힘찬	아무리 죽고 싶었어도 본능적으로 망설이는 거지.
보람	목을 매면..
힘찬	혀도 빠지고, 똥오줌 지리고, 생각보다 한-참 몸부림치다가..

<ins.> 보람 천정에 매단 줄을 잡고 바라보다가 의자를 확 걷어 차버린다.

보람	(괜히 화난다) 넌 어쩜 그렇게 잘 아니? 설마 죽으려고 했었어? 대체 언제?
힘찬	너랑 사귀기 전이야..
보람,힘찬	(동시에) 그..계곡산장 모텔..

S#28. 모텔 주차장.

담담한 표정으로 차에 앉은 보람과 힘찬.

힘찬	회사로 가게?
보람	응. 사표는 내고 오려고. 인생 구질구질했는데, 갈 때는 깔끔해야지.
힘찬	나도 회사 들렀다가.. 집에 한 번 다녀올게.
보람	넌 집으로 그냥 돌아가. 나 따라오지 말고.
힘찬	우리 집 형편 알면서..
보람	그래도 부모님 앞서 가는 건 아니지, 이 불효자식아.
힘찬	나 연골이 다 닳았대. 이제 택배일도 못하고.. 앞으로 짐만 될 거야.

S#29. 콜센터 사무실.

보람에게 사표를 건네받은 팀장.

팀장	너.. 얼굴이 왜 그래? 새집으로 이사도 가고, 이 지옥도 탈출하는데.
보람	아니에요, 좋아요..
팀장	내가 널 장장 7년이나 옆에서 봤는데 사기 칠래?
보람	우리.. 사기 당했어요.
팀장	뭐?! 아니 왜..
보람	둘 다 멍청해서 그렇죠, 뭐. 경찰 말로는 전형적인 전세사기라는데, 그걸 우리가 당했네요.
팀장	그럼 이제 어쩌려고? 일은 왜 그만두는데,
팀장	저 그냥 쉴래요, 팀장님..

팀장 뭐라 말하려다 보람의 넋 나간 표정을 가만히 본다.

이때 부스 안에서 일하던 직원이 쭈뼛쭈뼛 다가와,

직원	저.. 선배님, 나구룡 고객님이 선배님 찾는데요,
보람	나 그만뒀다고 해.
직원	예..
보람	(직원 한숨 푹 쉬며 돌아서자) 아니다, 잠깐 자리 좀 빌려줘 봐.

후배 비켜서면, 보람 헤드셋을 끼고 통화를 연결한다.

보람	사랑합니다, 고객님. 고객님은 이제 저 주보람이보다 더 상냥하고 유능한 후배님이 담당하실 겁니다. 저 이 회사 진짜 그만 두니까 찾지 마세요.
구룡	(F) 왜, 드디어 구질구질한 인생 끝장이라도 낼 건가?
보람	(흠칫) 네? 아니..
구룡	(F) 참 나, 내가 등신 같아? 그만둔다는 말을 믿으라고?
보람	..안 믿으시더라도 저 이미 사직서 제출했거든요.

S#30. 삼중물산 로비.

보람 건물 로비로 들어서서 막연히 위쪽을 올려다보며 혼잣말한다.

보람	대 삼중물산 나구룡 과장님, 앞으로는 부디, 제발, 누군가 죽고 싶게 만들지 좀 마세요..
구룡	(off) 뭐? 주보람이 진짜 그만뒀다고?!

보람 구룡의 목소리에 놀라 두리번거리고,
씬10의 경비2, 구룡(52세, 남)이 로비 한편 경비실에 앉아 통화중이다.

구룡	이것들이 어디서 사기를 쳐, 내가 지금 그리로 찾아갈 거니까
	딱 기다려! 주보람이 조퇴시키면 다 죽는다 늬들!

이때 보람이 천천히 다가와 보고, 구룡도 휴대폰을 넣으며 보람을 본다.
보람 그의 제복 가슴에 새겨진 이름을 보면, 궁서체로 수놓인 '나구룡'

보람	나구룡 고객님..
구룡	댁은.. 주보람?!

둘 얼어붙은 듯 서로를 응시하다가, 구룡 정신이 들며 얼굴이 확 붉어진다.

구룡	개인정보를 이용해서 막 찾아오고 이러는 거 불법 아냐?
	신고한다!
보람	찾아갈 테니 딱 기다리라면서요, 어차피 만날 참이었는데
	뭔가 문제죠?
구룡	아니.. 여기까지 찾아온 저의가 뭡니까?
보람	꼭 한 번 뵙고 싶었어요. 얼굴도 모르는 사람 때문에 죽고 싶다고
	생각하는 건 너무 억울하잖아요.
구룡	뭘.. 젊은 사람이 그깟 일로 죽고 싶다고?
보람	그러니까요. 세상에 죽으라는 일도 많은데, 이깟 일로 죽고
	싶으면 안 되죠.
구룡	..지금 나 놀리는 거요? 아니, 협박인가?
보람	협박도 아니고, 조롱도 아니고, 부탁입니다.
	부디 저 같은 사람 괴롭히지 않아도 될 만큼 제발 좀 행복하세요.

구룡 꾸벅 인사하고 돌아서는 보람을 수상쩍게 본다.

S#31. 효 추모관.

보람 부모님의 유골이 모셔진 납골당 앞에 사진을 보며 서 있다.

보람   어쩜 그렇게 나한테 아무 것도 안 남기고 일찍 가버렸냐고

          했던 거, 그거 진심 아니었어. 혹시나 거기서 들었다면 잊어버려..

          (눈물 훔치고) 거긴 편해? 이제 나도 당신들 곁으로 좀 데려가주라..

S#32. 효 추모관 공원.

보람 자신의 차 앞에서 추모관을 찬찬히 돌아본 후 힘찬에게 전화를 건다.

보람   아무래도 안 되겠어.. 우리 헤어지자. 넌 그냥 집에 있어.

이때 통화하며 보람에게 걸어오는 힘찬.

힘찬   여기 있을 줄 알았어.

보람   말도 더럽게 안 듣네. 넌 부모님 뵙고 와서도 죽고 싶니?

힘찬   우리집.. 니가 생각하는 것보다 훨씬 힘들어.

보람   자살은 보험금 못 받거든?

힘찬   우울증 치료를 받은 적이 있어서 가능하대, 알아봤어.

보람   어이구, 너네 엄마가 참 기쁘게 그 돈 쓰시겠다.

힘찬   ..울 엄마가 내 태몽에 용들이 막 날아 다녔댔는데..

          결국 이런 아들이 됐네.

보람   후.. 나도 태몽에 돼지가 막 쫓아 왔댔는데.. 용돈 한 번 못 드리고

          보냈어.

S#33. 국도.

보람과 힘찬의 빨간 차가 국도를 달려 산을 굽이굽이 오른다.

날씨도 좋고 신나는 음악도 흐르지만 무표정한 두 사람.

S#34. 번개 슈퍼 / 저녁.

'생명사랑 실천 가게' 현판이 부착된 번개 슈퍼.
보람과 힘찬 나란히 산길을 걸어와 슈퍼 안으로 들어간다.
매장이 넓은 것도 아닌데 몇 번 둘러봐도 눈에 띄지 않는 번개탄.
진상 이들이 두리번거리는 모습을 계산대에 앉아 힐끔 보는데,

보람	저.. 여기 번개탄은 안 파시나요?
진상	아, 잠시만요,

진상 계산대 구석에서 박스를 하나 꺼내는데, 역시 생명사랑 포스터가 부착돼 있다.

진상	이건 진열하면 안 되고 별도 박스에 둬야 하거든요.
	그런데 번개탄은 어디에 쓰실 겁니까?
힘찬	고기 구우려고요.
진상	고기는 숯으로 구워도 될 텐데요?
보람	번개탄이 빠르잖아요, 번개 같이.
진상	에-그럼 원칙에 따라, 이 번개탄에 대한 위험성을
	안내드리겠습니다.
보람	뭘 그렇게까지..
진상	원칙이 그래서요.
	번개탄은 가격이 저렴하고 이용이 편리하지만,
	밀폐된 곳에서 사용할 경우 치명적인 도구가 됩니다. 아시겠죠?
힘찬	예, 밀폐되지 않은 곳..
진상	700원입니다, 손님.

검은 비닐에 덜렁 담기는 번개탄. 보람 괜히 과자 몇 개를 더 집어 와 담는다.

진상   (계산기 두드리며) 그러면은.. 총 7700원 되겠네요.

보람과 힘찬 계산을 마치고 돌아서는데, 진상의 아! 하는 소리에 움찔 멈춘다.
둘 돌아보면, 자살 예방 리플릿을 내미는 진상.

보람   우리가 뭐 죽으려고 이러는 줄 아세요?
진상   오해하지 마세요. 번개탄 구입할 때 꼭 세트로 드리는 거니까.
            (현판 가리키며) 여기는 생명사랑 실천 가게거든요.

S#35. 계곡산장 모텔 로비 / 저녁.

모텔로 들어서는 보람과 힘찬.
장수 힘찬의 손에 들린 검은 비닐봉지를 힐끔 본다.

장수   예약하신 고힘찬 손님?
힘찬   네.
장수   여기 203호로 가시면 되고요, 식사 안 하셨죠?
보람   아.. 별로 생각 없는데요.
장수   멧돼지 고기 드셔보셨어요?
보람   네?
장수   지금 사냥철이라 고기가 좀 들어왔습니다. 질기긴 해도 고소하고
            맛있죠.
힘찬   (보람에게) 먹자. 우리 오늘 아무 것도 안 먹었잖아.
장수   준비해 놓을 테니 짐 풀고 내려오세요.

S#36. 모텔 203호 / 저녁.

방을 둘러보며 짐을 내려놓는 보람과 힘찬.

보람   나 밥 생각 없는데.

힘찬   이런 날 한 잔 해야지,

보람   술김에 죽고 싶진 않아.

힘찬   조금만 먹자. 빈속으로 가는 것도 슬프지 않냐?

S#37. 모텔 마당 / 밤.

장수가 숯불 판에 고기를 올려준다.
힘찬과 마주앉은 보람 옆으로 술병이 쌓였고, 눈 풀리고 혀도 꼬였다.

보람   아저씬 아직 젊으신데 어떻게 이런 델 다 운영하세요?

장수   암 치료받고 요양 차 왔습니다.

보람   어머.. 치료는 잘 되신 거예요?

장수   네, 이제 2년만 더 재발하지 않으면 완치로 본답니다.

힘찬   잘 됐네요, 설마 이렇게 공기 좋은데서 재발 하겠어요?

장수   조금 더 늦게 갈 뿐이죠.

힘찬   네?

장수   우린 매일 살아가고 있지만, 매일 죽어가고 있기도 하잖아요.

힘찬   그야 그렇지만..

장수   그런데 두 분 분위기가 많이 닮으셨네요. 부부세요?

보람   홋.. 요새 누가 용감하게 결혼을 해요, 아파트 키 하나 없이.

힘찬   미안해. 7년 전에.. 내가 말렸어야 했는데..

보람   뭔 소리야, 우린 그 때가 제일 멋있었는데.

힘찬을 다독이고 과거를 떠올리며 씁쓸하게 웃는 보람.

S#38. 부장실 / 회상.

정장을 말끔하게 빼 입은 20대의 보람과 힘찬, 부장 앞에 당당하게 서 있다.

보람   저 그냥 안 물러나요. 부장님이 저지른 일들, 다 대가를 치르게
            할 겁니다.

부장   후.. 세상을 너무 모르니 귀엽다는 생각까지 드네.
            자네들은 이제 뭘 해먹고 살 건지 걱정하기 바쁠 텐데 괜찮겠어?

힘찬   무슨 말씀이십니까?

부장   내부고발이 특기인 신입을 뽑을 회사가 어디 있을 것 같아?

S#39. 직원 휴게실 / 회상.

직원들 서로 눈치를 살피며 힘찬이 내미는 고발장을 외면한다.

힘찬   cctv에 어느 정도 나와 있으니까 충분히 증명 될 겁니다.

이때 이들 중 눈이 시퍼렇게 멍든 직원이 나서며,

직원1   힘찬씨 군대 안 다녀왔어요? 이 정도는.. 폭행이라고 보기 힘들 것
            같은데..

직원2   저도 사과 받았고, 말씀 들어보니까 제가 오해한 부분이
            있더라고요..

직원들 미안한 듯 서둘러 빠져나가고, 보람과 힘찬 남은 여직원을 보는데,

직원3   죄송해요, 보람씨.. (눈물 터뜨리며) 전 매달 빠져나가는 돈이
            너무 많아서..

| 보람 | ..괜찮아요, 이해해요. |

S#40. 자소서 강의실 / 회상.

강의실에 앉은 취준생들 눈을 반짝이며 강의를 듣고 있다.

강사	수십만 장의 자소서를 읽어 본 이들에게 새로운 감동을 주기는 쉽지 않죠. 그들은 어디서 보던 것 같은 스토리를 가장 한심하게 생각합니다. 그런 의미에서 주보람씨 자소서는 아주 훌륭해요. 공유를 좀 해도 될까요?
보람	네.. 제가 카페에 올릴게요.
강사	그럼 다들 다음 시간까지 읽어 오시고, 토론해보는 걸로 하죠.

사람들 인사하며 하나 둘 빠져나가고, 보람과 힘찬만 우두커니 남는다.

보람	우리 이제 그만하자.. 자소서 문제가 아니잖아.
힘찬	그래.. 이제 이력서만 봐도 토 나와.
보람	이부장 센 거 인정!
힘찬	쫄지 마! 우리도 쎄!

둘 서로 엄지 척 들어 보이며 신나게 웃는다.

S#41. 모텔 203호 / 밤.

보람과 힘찬 키스를 하다가 멀어진다.
다시 다가오는 힘찬을 밀어내는 보람.

| 보람 | 이렇게 마음 풀어질까봐 술 안 마시려고 했는데.. |

힘찬	보람아..
보람	이제 번개탄 피우자.
힘찬	뭐? 갑자기?
보람	왜, 애국가라도 불러? ...솔직히 말해 봐. 너 그냥 나 따라온 거지?
	문에 테이프 바르기 전에 나가. 나 너 절대 원망 안 해.

힘찬 말없이 번개탄을 꺼내 불을 붙이고, 보람 창문과 출입문에 테이프를 붙인다.
곧 방안에 연기가 피어오르고, 둘 침대에 누워 손을 꼭 잡는다.
적막한 가운데 눈시울이 뜨거워지는 두 사람.

힘찬	만약 다음 생이 있다면, 그땐 꼭 행복하자 우리.
보람	미안하지만 싫어, 다음 생 같은 거. 그냥 이대로 다 끝이면 좋겠다.

S#42. 자궁 속- 분만실 / 보람의 꿈.

빛이 아득하게 느껴지는 어두운 공간 안.
보람 두려움에 두리번거리는데, 몸부림칠수록 목에 감긴 줄이 조여오고,
사방이 꿈틀거리며 자신의 몸을 압박해 숨 막히고 괴롭다.
이때 누군가의 찢어지는 비명소리 울리고,
빛의 문이 열리는가 싶더니 순식간에 왈칵 쏟아져 나오면,
핏덩이 아기를 받아내는 의사의 모습.
울음을 터뜨린 아기 산모에게 안겨지면 산모 감격에 찬 눈빛으로 아기를 보는데,
산모 씬40, 납골당 사진에 있던 보람의 어머니다.

보람	엄마..

양수로 흠뻑 젖은 채 산모와 아기 옆으로 다가오는 보람.
셋 다 다른 의미의 눈물을 쏟아내고 있다.

S#43. 모텔 장수의 방 / 밤.

잠이 든 장수.
어두운 방안 어디선가 붉은 불빛이 깜박이며 삑삑 경보음을 울리기 시작하고,
장수 소리에 눈을 번쩍 뜬다.

S#44. 모텔 전경- 모텔 방 / 밤-아침.

방 안엔 어느새 연기가 자욱하고, 보람과 힘찬 시간이 멈춘 듯 미동도 없다.
영혼이 부유하듯, 창으로 빠져나간 카메라 모텔을 돌고 올라가 숲을 내려다본다.
어둡던 숲에 새소리와 함께 빠르게 날이 밝고,
카메라 다시 창 안으로 들어오면 침대에 죽은 듯 누운 보람과 힘찬.
이때 보람 햇살에 번쩍 눈을 뜨고, 곧 힘찬도 부스스 일어난다.
보람 숯 통 안에 하얗게 재가 된 번개탄을 보고,

보람   우리.. 왜 살아있지?

보람과 힘찬 누가 먼저랄 것도 없이 눈물이 터져 나오고,
감정 격해지며 서로 엉엉 부둥켜안고 운다.
한참 울다가 진정돼 떨어지는 둘.

힘찬   보람아.. 우리 아직 젊잖아. 앞으로 뭐라도 기회가 오겠지.
            우리 살아보자.
보람   ...어떻게?
힘찬   돈 3억 누구한텐 금방이야, 종수형네 가게에서 일 좀 배운 다음에..
보람   종수씨가 받아준대?
힘찬   사람 좋다니까 그 형,
보람   후... 그 사람이 예전에 나 따라다닌 건 아니? 너 착한데
            무능하다고, 자기가 더 행복하게 해 줄 수 있다고 그러더라.

힘찬	뭐? 아니 그 얘길 왜 안 했는데?!
보람	뭐 큰 실수 한 것도 아니고, 그 뒤로 연락 끊었으니까.
힘찬	하긴.. 틀린 말도 아니네. 니가 괜히 나 만나서..
보람	힘찬아, 나는..그래도 팍팍한 내 인생에 니가 있어서 참 고맙고 좋았어.
	어제 깜빡하고 못했던 말이야.
	(고개 푹 숙인 힘찬을 다독이며) 밥 먹자. 배고파 죽겠어.
힘찬	굶어 죽긴 쉽지 않아.
보람	훗. 그렇겠지.
	(일어서려다 멈칫) 잠깐, 너.. 니가 이런 거지?
힘찬	뭘?
보람	니가 나 살린 거 아니냐고,
힘찬	무슨 소리야, 같이 잠들어놓고.

보람 힘찬을 수상하게 보는데, 배에서 꼬르륵 소리가 난다.

S#45. 모텔 식당.

장수 북엇국을 후루룩 들이키는 보람과 힘찬을 힐끔 본다.

장수	참, 여기 계곡 쪽은 수렵 허가구역이라 위험합니다.
	지금 멧돼지 사냥철이라 사냥꾼들이 계속 모여들거든요.
힘찬	네. 조심할게요.
보람	저.. 저희 하루 더 묵으려고 하는데요,
장수	아.. 그러시겠어요?

보람 순간 심각해 보이는 장수의 표정을 의아하게 본다.

S#46. 번개 슈퍼 앞.

보람 힘찬과 걸으며 쨍하게 맑은 가을 하늘에 쓴웃음이 난다.

보람   이렇게 좋은 날, 이렇게 좋은 곳에서, 니 손잡고, 번개탄을 사러
         갈 줄이야..

슈퍼 앞. '오늘은 쉽니다.' 팻말이 걸려 있다.

보람   뭐야,
힘찬   아.. 오늘 공휴일이네. 개천절.
보람   (번개탄 공장 가리키며) 저기도 한 번 가 보자.

번개탄 공장 앞. 역시 '금일 휴업' 팻말이 걸려 있다.

S#47. 모텔 앞.

빈손으로 터덜터덜 걸어오는 보람과 힘찬.

힘찬   어쩌지?
보람   여기 하루 더 연장하고 내일 죽자. 급할 거 뭐 있겠니.

이때 마당에서 전화통화를 하던 장수, 모텔로 들어가는 보람과 힘찬을 유심히 본다.

S#48. 모텔 203호 / 아침.

해가 중천에 떴고, 침대에 대자로 누워 잠든 보람과 힘찬.
보람 눈을 번쩍 떠 두리번거리고, 힘찬도 뒤척이다 일어난다.

보람	(혼자) 미쳤어.. 나 여기 자러 온 거야?
힘찬	그러게. 너 피부도 완전 뿌얘졌어.
보람	(얼굴을 매만지며 순간 웃다 말고) 뭔가 이상해..
	우리 어제 뭐 먹었지?
힘찬	어.. 과자랑 맥주 한 잔 했지.

<ins.> 장수 패트맥주를 들고 문 앞에 서 있고, 힘찬 이를 받아 방으로 들어온다.

보람	그 뒤로 기억나?
힘찬	글쎄.. TV봤나? 먹은 뒤로 왜 기억이 잘 안 나지?

보람 벌떡 일어나 자신들이 먹고 마신 것들을 뒤져 보는데,
이들이 쓴 컵에 하얀 가루가 말라붙어 있다.
서로를 의아하게 보다가 한 발씩 뒷걸음치며 멀어지는 두 사람.

보람	잠깐.. 너 우울증 치료 받았었잖아. 수면제 처방 안 받았어?
힘찬	아니. 우울했지만 잠은 잘 잤거든.
보람	...그게 말이 돼?
힘찬	택배 일 해 봤냐? 매일 수면을 넘어서 기절 각이야.
보람	너 혹시.. 내 보험 같은 건 안 들었지?
힘찬	...뭐?! 너무해!
보람	미안..
힘찬	나도 방금 일어났어, 그리고 내가 니 보험을 어떻게 들어?
	부부도 아닌데.
보람	사실혼 관계 뭐 이런 거 성립 안 되나?
힘찬	참 나, 어제는 살린 거 아니냐더니, 오늘은 죽인 거 아니냐고?
보람	상황이 그렇잖아,
힘찬	어떻게 날 의심해?

보람   ...자기도 한 발 물러나 놓고선,

이때 벽걸이 에어컨 쪽에서 뭔가 윙윙거리는 벌레소리가 난다.
보람 뭔가 싶어 두드리자 더 커지는 소리.
의자를 받치고 에어컨을 떼어내자 벌 한 마리가 날아 나오고, 이들 놀라 창으로
내보낸 후 보면, 에어컨으로 가려졌던 곳 안으로 뻥 뚫린 배관이 길게 이어져 있다.

보람   저게 뭐지?

S#49. 배관 안.

보람 좁은 배관 속을 기어가다가 배관 끝에 설치된 환기구 틈으로 밖을 내다본다.
잘 안 보이자 망설이다가 환기구를 발로 차 뜯어내는데,
툭 떨어져나가는 환기구에 중심을 잃고 바깥으로 하체가 빠진다.
내려다보니 건물 외벽. 2층이지만 뛰어내리기엔 무서운 높이다.
이때 보람아! 하고 기어온 힘찬, 보람을 끌어당기려다 상체까지 쑥 빠지고 만다.
힘찬 간신히 보람의 팔을 잡고 자신의 두 다리를 벌려 벽에 지탱한다.

보람   이러다 떨어지겠어.
힘찬   2층이라 죽진 않겠지만..
보람   나 고소공포증 심하다고, 심장마비로 죽는다며!

힘찬 피식 웃자 순간 손이 죽 미끄러진다. 보람 악착같이 움켜잡으며,

보람   웃지 마! 힘 빠져!
힘찬   (놀리듯) 우리 그냥 이 참에 같이 떨어져 죽을까?
보람   헛소리 하지 말고 꽉 잡아 이 새끼야,
            너는 이 손 놓으면 내 손에 뒈질 줄 알아!
힘찬   솔직히 말해, 너도 이제 살고 싶은 거잖아.

보람	니 손에 죽고 싶지 않을 뿐이다.
힘찬	내가 죽이는 거냐? 못 구하는 거지?
보람	고만 씨부리고 힘 좀 줘! 힘찬아!
힘찬	으아아-!

힘찬 힘을 쥐어짜내 보람을 끌어올리고,
보람 배관에 상체가 걸쳐지자 기다린 듯 후다닥 기어오른다.

S#50. 모텔 203호.

침대에 쭉 뻗어 누운 보람과 힘찬. 둘 다 손이 시뻘겋다.

보람	아휴- 죽을 뻔했네.
힘찬	자꾸 잊어버리는 모양인데, 우리 죽으러 왔거든?
보람	...그래도 이런 식은 아니지. 떨어지는 건 안 하기로 했잖아.

힘찬 시선 피하며 변명하는 보람을 보며 피식 안도의 웃음이 난다.

보람	그래 시벌.. 순간 살고 싶었다. 됐냐?
힘찬	누나, 왜 그렇게 욕을 해? 완전 욕쟁이었어.
보람	이렇게 시원할 줄 알았다면 틈틈이 좀 해 볼걸 그랬다. 죽으려니 입 터졌네. (둘 피식 웃고) 아무튼.. 날 구해준 걸 보니 너는 아니네.
힘찬	진짜 날 의심했다고?
보람	넌 안 했어?
힘찬	아주 안 한 건 아니지만..
보람	나도 아주 확신한 건 아니다. (몸 벌떡 일으키며) 아니 잠깐. 저 배관.. 저게 왜 저기 있냐고? 가스 같은 걸 주입할 수도 있지 않나?

힘찬	환기구라는 게, 안에서 밖으로 뭘 빼내는 거 아냐?
보람	거꾸로 달면 되지. 주인아저씨.. 처음부터 눈빛이 이상했어.
	그리고 뭐 우리는 죽어가고 있는 거다, 이런 말도 했었잖아.
힘찬	설마 주인아저씨가?
보람	수면제, 너도 아니고 나도 아니면, 여기 누가 남아?

S#51. 모텔 3층 복도.

살금살금 3층 계단으로 올라오는 보람과 힘찬.

보람	손님도 없는데 3층을 비워 둔다는 게 말이 돼?
힘찬	그래, 수상하다 치고, 우린 그냥 가자~
보람	쫄지 마. 우린 죽으려고 했던 사람들이야.

보람 3층 룸들을 확인해보는데, 다 잠겨 있다.
주위를 둘러본 후 소화기를 집어 들고 303호 앞으로 다시 오는 보람.

보람	여기만 자물쇠가 채워져 있어.
힘찬	꼭 그렇게까지 해야겠어?
보람	아무리 우리가 못났다지만, 살인자를 그냥 두고 볼 정도는
	아니잖아.
힘찬	벌써 살인이라고 단정을 지은 거야? 그럼 신고를 하자.
보람	증거가 없는데 조사해 줄 것 같아?
	7년 전 이부장도 그 놈의 증거 부족으로 풀려났잖아.

힘찬 과거 얘기에 결심한 듯 소화기를 받아 들고 자물쇠를 내리친다.
방문이 열리자 안을 보며 입을 떡 벌린 채 걸어 들어가는 둘.

S#52. 모텔 303호.

창고처럼 잡동사니들이 쌓인 방 안에는,
농약, 수면제, 밧줄, 칼, 드라이기 등, 자살에 주로 쓰이는 도구들이 널려 있다.
보람 서랍 뒤져보면 씬14, 유튜버의 모습이 담긴 사진들이 나온다.

힘찬   어? 이 사람.. 그 유튜버 아냐?

보람   아는 사이었네,

              여기가 자살명소가 되면 우리처럼 죽으려는 사람들이 몰려들 거

              아냐,

힘찬   그래서 손님들을 죽인다고?

보람   우리가 첫 날 실패하니까 직접 수면제까지 먹인 거야.

              그리고 이것들로 자살을 위장하는 거지.

힘찬 헉 놀라는데, 이때 마당으로 차가 들어오는 소리.
둘 후다닥 나가 보면, 복도 창으로 장수가 엽총을 어깨에 메고 내리는 것이 보인다.

S#53. 모텔 203호.

서둘러 짐을 챙기는 보람과 힘찬.
그런데 힘찬 이 와중에 침대를 정리하고 쓰레기를 치운다.

보람   돌아이니? 지금 매너 챙길 때야?

S#54. 모텔 2층 복도.

보람과 힘찬 조용히 빠져 나가려는데, 계단을 오르던 장수와 딱 마주친다.

장수	어디 가세요, 손님?
힘찬	집에서 급한 전화가 와서요,
장수	아, 체크아웃 하시게요?
보람	네. 열쇠 두고 갈게요, 볼 일 보세요.
장수	(둘 돌아서는데) 잠깐..
힘찬	(흠칫) 네?
장수	총 이틀 연장하셨으니까 하루치 환불해 드려야죠.
보람	아니아니, 괜찮아요, 우리가 계약파기 한 건데요 뭘,

둘 후다닥 계단을 내려가고, 장수 둘을 의아하게 보다가 계단을 오른다.
3층으로 올라온 장수 303호 자물쇠가 뜯겨진 걸 보고 생각에 잠긴다.

S#55. 모텔 마당.

보람과 힘찬 차에 올라 출발하려는데, 시동이 안 걸린다.

힘찬	왜?
보람	기름이 없어! ...핸드폰 줘봐, 일단 증거들 치워버리기 전에 신고부터 하자.
힘찬	그걸로 증거가 될까?
보람	우리 몸에 수면제 성분도 아직 남아 있을 거 아냐. (폰 건네받고) 뭐야, 배터리 나갔는데? 보조배터리 없어?
힘찬	죽는 판국에 보조배터리까지 챙겨?
보람	죽더라도 그 정도는 챙겼어야지,
힘찬	지는 기름도 떨어뜨려놓고, 니껀?
보람	난.. 버렸어.
힘찬	죽을래?

보람   ....

이때 3층 복도 창으로 이들을 보고 있는 장수의 모습.

힘찬   어! 저 사람 우릴 보고 있어.

            (장수 뛰어내려오고) 이리로 오나봐!

보람과 힘찬 서둘러 차에서 내려 도망친다.
보람 큰 도로로 가려다 멈칫하며,

보람   숲으로 가자.
힘찬   사냥철이라잖아, 큰 길로 나가서 차를 잡자.
보람   저 사람 말을 믿어? 일단 슈퍼로 가서 신고부터 하자.

S#56. 번개 슈퍼 앞.

진상과 탄복 슈퍼 앞 평상에서 막걸리 일잔 중인데, 보람과 진상이 다가온다.
뒤를 자꾸 돌아보며 뛰어오는 둘이 이상한 진상.

진상   뭐가 그리 급하신지..
힘찬   휴대폰 좀 충전할 수 있을까요?
진상   모텔 손님들 아니세요? 거기서 하시지 왜..
힘찬   거기 사장님이 아무래도 좀..
보람   (쿡 찌르고) 아, 계곡으로 산책 가는 중에 배터리 나간 걸 알게

            돼서요, 중요한 연락 받을 데도 있고.
진상   계곡 쪽은 지금 사냥철이라 위험할 텐데요?
힘찬   정말이요?
진상   예.. 제가 없는 말을 왜 하겠어요?

보람	(휴대폰 내밀며) 예, 그럼 잠깐 5분만 좀 부탁드릴게요.

진상 보람에게 휴대폰을 받아 계산대 충전기에 꽂고 나온다.
이때 힘찬을 뚫어져라 보는 탄복.

탄복	아니 무슨 급한 일이 있으시길래들?
힘찬	아.. 차가 고장 나서 보험사에 신고를 해뒀거든요,
탄복	차가 고장 나다니, 여기가 당신들 누울 자린가?
보람	예?!
탄복	아니, 내가 저 공장에 처음 오던 날도 차가 고장 났었걸랑,
보람	(놀랐지만 아닌 척) 아하하.. 그러셨어요? 운명이네요,
진상	(슬쩍 일어나며) 저 화장실 좀..
탄복	(가게 안으로 들어가는 진상 보며 혼자) 화장실은 바깥인데..?

보람 탄복의 말에 놀라 힘찬에게 슬쩍 붙어 앉으며 속삭인다.

보람	할아버지 한 명쯤은 제압할 수 있지?
힘찬	할아버지를 왜?
보람	혹시나 덤비시면 말이야.

S#57. 번개 슈퍼 안-외부.

보람 슈퍼로 살금살금 들어와 안쪽 방을 기웃거리는데, 진상이 통화 중이다.

진상	야, 너네 손님들 지금 여기 있어...
	그래? 그래서 신고라도 할 기세구만, 잘 좀 하지 그랬냐,

진상의 말에 경악하는 보람.

뒷걸음치다 구석의 번개탄 박스를 건드려 넘어뜨리고,
보람 진상이 발견하고 다가오자 냅다 뛰쳐나가며 힘찬의 손을 잡고 튄다.

진상   저기요! 손님-!

S#58. 숲 속.

숲속을 달리는 보람과 힘찬.

보람   둘이 한 패야. 어쩌면 셋.
힘찬   (우뚝 멈추며) 어.. 야! 진짜 계곡 쪽으로 가면 안 되는 거 아냐?
보람   무슨 소리..

보람 힘찬의 시선을 따라보면, 그레이하운드 사냥개들이 으르렁거리며 다가온다.
둘 울상으로 조심스럽게 뒷걸음치는데, 쉭쉭거리는 심상치 않은 숨소리에 돌아보면,
이들 뒤로 멧돼지 한 마리가 떡하니 서 있다.
터져 나오는 비명을 손으로 틀어막고 개와 돼지 사이를 빠져나오려는 둘.
이때 사냥개가 짖자마자 힘찬 순간적으로 옆에 선 나무 위를 파바박 기어오르고,
보람 자신도 모를 능력으로 나무옹이에 발이 척척 올라붙으며 뒤따른다.
보람 먼저 올라앉은 힘찬을 보자 분노의 따귀를 짝! 때리며,

보람   너는 이 와중에 혼자 살겠다 이거냐!
힘찬   아.. 이건 생존본능이지,
보람   그렇게 생존본능이 대단한데 어떻게 죽겠다고 따라 나섰어?
힘찬   어떻게 널 혼자 보내.
보람   칫...

이때 사냥개 무리들과 멧돼지, 이들이 오른 나무 주변으로 모이는데,
서로 선뜻 다가서지 못하며 어지럽게 맴돌고 시끄럽게 짖어대기 시작한다.

공포심에 귀를 막고 움츠러들던 보람, 상황이 계속되자 슬슬 열 받는다.

보람   야 이 개 돼지 새끼들아-! 죽이던지 도망치던지 빨리 좀 하라고-!

보람의 포효로 사냥개들 나무 위를 쳐다보고, 이 틈에 멧돼지 재빠르게 도망친다.
돼지를 따라 이동하는 개들. 잠시 후 돼지 멱따는 소리가 날카롭게 산중에 울린다.
곧 엽총과 칼을 든 사냥꾼들 저기다! 하며 우르르 몰려가고,
고요해진 숲 속에 바람소리 새소리만 들린다.

힘찬   잡았나봐.. (내려가려다 꼼짝 않는 보람을 보고) 안 가?
보람   내가.. 고소공포증 있다는 걸 까먹었어!
힘찬   내 손 잡아 봐,

힘찬 급기야 줄줄 울기 시작하는 보람의 손을 이끌어 내려가는데,
보람의 다리 후들후들 떨리더니 결국 악! 하고 아래로 죽 미끄러져 뒹군다.

S#59. 숲속 계곡.

절뚝거리며 숲속을 헤매는 보람과 힘찬 옆으로 계곡이 나타난다.

힘찬   계곡이야. 우리 점점 안쪽으로 들어가고 있는 것 같은데?
보람   계곡 따라 내려가면 되겠지.

둘 계곡을 따라 걷는데, 이때 장수 총을 메고 나타난다.

보람   저 아저씨 미쳤나봐! 총이야!

둘 총을 보더니 기겁하며 도망치고, 장수 손님-! 부르며 뒤쫓는다.
이때 힘찬을 따라 계곡을 건너던 보람이 미끄러져 넘어지고,
장수 자세를 낮춰 총을 겨누며 조용히 보람에게 다가간다.

숨죽인 세 사람.. 이때 힘찬 계곡에서 펄쩍 뛰어오르는 개구리에 악! 놀란다.
보람 힘찬을 확 째려보는 장수에게 자포자기의 심정으로,

보람   사장님.. 우리 좀 살려주시면 안 돼요?
E   탕 탕 탕!!

장수의 총소리에 기절하는 보람.
그런데 그녀 뒤로 사냥개에게 목덜미를 물어뜯긴 멧돼지가 총을 맞고 울부짖다가
풀썩 쓰러지고, 보람 그 소리에 정신을 차리고 사태를 파악한다.

장수   여기 멧돼지 돌아다닌다고 들어가지 말랬는데, 죽고 싶어요?!
보람   (눈물 터지며) 죽고 싶은 사람이 어딨어! 죽을 만큼 힘든 거지!
         죽을 만큼 힘들지만, 죽고 싶진 않다고! 나도 살고 싶다고!

엉엉 우는 보람을 힘찬이 다가가 끌어안고, 장수 전화가 와 받는다.

장수   어, 진상아.. 뭐? 경찰이?

S#60. 번개슈퍼 앞 / 저녁.

노을이 지고, 번개슈퍼 앞에 장수 진상 탄복, 보람 힘찬과 경찰들이 모였다.

장수   그건 수면제가 아니라 수면유도젭니다. 그러니까 안 죽었죠.
보람   수면..유도제?
경찰   그건 왜 사용하신 겁니까?
장수   급한 볼일이 생겼는데, 그냥 두고 가면 죽어 버리실까봐..
경찰   그러니까 손님들이 그새 자살 시도를 또 할까봐 그러셨다는
         거죠?

장수	예. 실은 예전에 모텔에서 자살하려던 손님이 있었는데,
	의미심장한 문자를 남겼길래 급하게 찾아갔습니다.

S#61. 서울 카페 / 밤 / 회상.

장수와 유튜버 마주앉아 있다.

장수	너 이제 다 끝났다는 문자는 뭐냐?
유튜버	어.. 고생 끝이라고 한 건데. 저 취직했거든요.
장수	전화는 왜 또 안 받고?
유튜버	폰이 수명이 다해서 문자도 막 잘리고, 오락가락해요.
	저.. 사장님, 가끔씩 저 보러 오시는 거 맞죠? 알고 있었어요.

<ins.> 과거 아르바이트 하는 유튜버의 일상들이 카메라에 찰칵찰칵 담기면,
씬52, 모텔303호에 있던 사진들이 된다.
장수가 떠난 후 그의 뒤를 보는 유튜버.

장수	그냥 병원 나오는 김에, 죽었나 살았나 확인 좀 한 거야.
	니가 죽으면 니 채널 구독자들이 또 다 몰려들까봐.

S#62. 모텔 마당 / 회상.

장수 마당을 쓸고 있는데, 차량 들어와 서고 손님이 내린다.
장수 손님을 맞으려는데 다시 하나 둘 들어오는 차량들.
손님들 하나같이 우중충한 차림에 어두운 표정인데,
이들 손에 번개슈퍼의 검은 비닐봉지가 하나씩 들려 있다.
이때 사람들 누군가를 보며 움찔 놀라는데, 보면 모자를 푹 눌러쓴 유튜버.
장수 역시 그를 알아보곤 표정 험악해지는데, 이때 주차장으로 들어오는 관광버스.

버스에서 우르르 내리는 이들 역시 유튜버를 알아보곤 움찔 놀란다.

황당함에 입이 떡 벌어지는 장수.

S#63. 서울 카페 / 밤 / 회상.

유튜버   죄송해요. 제가 괜히 동영상을 올려서.. 제가 오늘 거하게 한 턱
          쏠게요.

장수   됐어, 나 바빠. 그리고 다시는 그런 영상 만들지 말고.죽겠다는 놈
          말리지는 못할망정, 죽으라고 부추기는 게 사람이 할 짓이야?

S#64. 모텔 앞 / 저녁.

장수를 흐뭇하게 보던 경찰이 나선다.

경찰   장수씨가 여기 방마다 환풍구 설치하고, 병원으로 나가는 도로도
          닦고, 응급구조사 자격증까지 따신 분입니다.

보람   아니 뭘 그렇게까지..

장수   이 모텔이요, 나는 악착같이 살아보겠다고 들어온 곳입니다.
          그런데 사람들이 죽겠다고 몰려오면 어떻겠습니까?

보람   그럼 여기서 죽어 나간 사람이 없다고요?

경찰   과거 한 건 있었지만 리모델링 이후론 없었습니다.

장수   보통은 번개탄 시도가 실패로 끝나면 시원하게 펑펑 운 다음
          돌아갑니다. 뭐, 한 번 쯤 더 시도하기도 합니다만.

보람   그럼 303호 거긴 뭐예요?

장수   대부분 번개탄으로 시도를 하시는데, 농약이나 수면제까지 챙겨
          오는 분들도 있습니다. 그럴 경우 몰래 훔쳐두죠.

힘찬   그런데 사장님은 애초에 우리가 죽으러 왔다는 건 어떻게

아셨어요?

장수   번개탄이 팔리면 슈퍼에서 전화를 해 줍니다.

그리고 그걸 어떻게 몰라봅니까?

얼굴에 나 죽으러 왔습니다, 하고 쓰여 있는데.

보람과 힘찬 쭈뼛쭈뼛 서 있는데, 경찰이 수첩을 펴 보며 다가온다.

보람   아 맞다! 우리 신고 안 했는데? 어떻게 출동하신 거예요?

경찰   이제 우리까지 의심하십니까?

당신들 앞으로 자살의심 신고가 세 건이나 들어온 거 아세요?

보람   네?

경찰   원룸 집주인 조미영씨, 삼중물산 경비과장 나구룡씨,

콜센터 고상미 팀장님.

<cut in.> 원룸 건물 앞에서 전화통화 중인 집주인.

주인   저기.. 아무래도 자살이라도 하는 건 아닌가 싶어서 그러는데요,

그런 것도 신고 받으시나요? 예.. 여기 살던 아가씨가 전세사기를

당했다고 살림들을 몽땅 다 버리고 떠났는데, 제가 이 불길한

예감이 틀린 적이 없거든요,

<cut in.> 경비실에서 전화통화 중인 나구룡.

구룡   세상 끝난 표정 말고 무슨 이유가 더 필요해?

아무튼 주보람씨 죽으면 내가 당신들 평생 괴롭힐 거요.

나, 아주 끈질긴 사람이야!

<cut in.> 아무도 없는 콜센터 휴게실에서 전화통화를 하는 팀장.

| 팀장 | 제가 개를 7년이나 겪었어요, 그냥 평소처럼 죽고 싶다 그랬으면 그러려니 했죠. 제발 좀 알아봐 주세요. |

보람 눈물이 핑 돌고, 힘찬 자신을 지그시 바라보는 탄복을 의아하게 본다.

| 경찰 | 두 분 휴대폰이 꺼져 있어서 추적이 안 됐는데, 방금 전에 파악된 겁니다. |

S#65. 모텔 203호 안 / 아침.

잠에서 깨 전화를 받는 힘찬.

힘찬	엄마?
힘찬모	(F) 얘, 꿈에 니가 돼지랑 용을 타고 막 날아다니더라, 좋은 일 있을 건가봐.
힘찬	엄마, 나 여기 강원도야. 나중에 제가 여기로 꼭 모셔올게요. 여기 집 지으려고 땅도 좀 봐 뒀거든?
힘찬모	(F) 말이라도 고맙다. 넌 우리 걱정 말고, 너 하나만 잘 살면 돼.
힘찬	네.. 잘 살 거야..

S#66. 번개탄 공장 안.

나뭇가지를 분쇄하고 밀가루를 섞는 곳, 숯으로 달구는 곳, 틀로 성형해 찍어내는 곳곳에 고령의 직원들이 작업 중이다. 느릿느릿 움직이지만 숙련된 손놀림들. 이때 탄복이 환한 표정으로 직원들 앞에 힘찬을 데려온다.

| 탄복 | 여기 최고참 형님이 일흔 다섯, 다들 40년 넘은 베테랑들이야. (직원들 향해) 형님들, 드디어 우리 공장에 막내가 들어왔습니다. |

직원1	오, 이게 몇 십 년 만의 신입이야?
탄복	뜨내기들 다 빼면 제가 마흔 넷부터 막내였으니까.. 장장 21년 만이네요.
직원2	(입맛 다시며) 요새도 신입 환영회 같은 거 하고 그러나?
탄복	멧돼지고기도 들어왔다니까 거하게 합시다.
	미안해서라도 도망 못 가게.
힘찬	걱정 마십쇼 선배님들, 열심히 하겠습니다!

S#67. 공장 안 건조실.

대형 건조기가 있고, 번개탄들이 건조대에 죽 널려 있다.
탄복 막대로 하나하나 두드리면 통통 맑은 소리가 나는데,
이때 하나 둔탁한 소리가 나자 뒤따르던 힘찬을 돌아본다.

탄복	이게 이런 탁한 소리가 난다는 건 건조가 덜 됐다는 소리걸랑?
힘찬	(막대로 두드려보며) 예, 소리가 다르네요.
탄복	이런 건 내보내면 안 되니 잘 골라내야 해.
힘찬	알겠습니다.
탄복	그리고 이짝으로 좀 와 봐. (따로 진열된 번개탄들 보이며)
	우리는 법대로 1등급 폐목재만 쓰는데, 요새 값싼 수입산은
	폐가구나 건축 철거물 같은 걸 섞어서 만드니 아주 안 좋아.
힘찬	오-그런 걸로 고기라도 구우면 안 되겠네요?
탄복	팍팍 알아 듣는구만. 조리용으로 쓰면 안 되지,
	(탄 하나를 냄새 맡아 보이며) 이건 어때?
힘찬	어? 뭔가 향이 좋은데요?
탄복	참나무가 들어간 조리용 구멍탄인데, 계속 단가를 낮춰가면서
	개발했지. 내가 이걸 홍보를 좀 해야겠는데 영 막막해서 말이야.

힘찬	제가 한번 해보겠습니다.
탄복	그럼, 이런 건 여기서 자네밖에 못 해.
힘찬	저.. 감사합니다, 사장님.

탄복 힘찬의 손등을 힘껏 잡아주고 돌아선다.

S#68. 모텔 안 식당 / 밤.

로비 안 식당에 '멧돼지 고기 전문- 보람찬 식당'현판이 붙어 있고,
주방에서 시뻘건 립스틱을 바른 보람이 칼질을 퍽퍽 하자 큼직한 고기 덩어리가
순식간에 해체된다.

S#69.모텔 마당 / 밤.

장수와 진상까지 낀 번개탄 공장 식구들의 회식이 벌어져 있다.
보람 구석에 청승맞게 쭈그리고 앉은 어느 커플의 숯불에 고기를 올려주며,

보람	여행 오셨어요?
여자	...네, 뭐.
보람	우린 이 세상에 살려고 왔지만, 죽으러도 왔지요.
남자	네? 그게 무슨..
보람	어차피 종착지는 죽음이니까, 이 여행을 더 즐기자고요,
여자	(보람 씩 웃고 가자) 저 여자 좀 이상한 거 같애,

커플은 모르지만, 장수를 포함한 사람들 그들을 의미심장한 표정으로 바라본다.

S#70. 모텔 뒷마당 / 밤.

보람 귀신처럼 머리를 풀고 스르륵 등장해 건물 위를 올려다본다.

세 군데의 배기관들을 통해 연기가 뿜뿜 새어나오고 있는 모습.

보람   (진동하는 휴대폰을 받고) 네네, 내일 세 팀 정도 체크아웃 할 것
          같습니다. 예약 더 받으십쇼, 사장님.

보람 전화를 끊는데, 힘찬이 젖은 머리를 털며 다가온다.

보람   너도 머리 말리러 나왔어?

힘찬   여기 드라이기를 다 치워놔서 귀찮아 정말.

보람   누가 감전돼서 죽는 것보다 낫지 뭐.
          그렇게 아프게 죽을 순 없잖아.

둘 하늘로 피어오르는 연기를 보며 씩 웃는다.

끝

돼 지

유미란

한국방송작가협회교육원 제61기 전문반 수료
yoomiran@gmail.com

수상소감

2020년 12월 30일 얼마나 추웠는지 아직도 기억이 생생합니다. 한낮인데도 뺨과 코끝, 뇌까지 얼어붙을 지경이었습니다. 발을 동동 구르며 버스를 기다리는 중에 우수상에 선정되었다는 연락을 받았습니다. 타야할 버스도 그냥 보내고 전화기를 붙들고 있었습니다. 그 순간만큼은 추위를 잊을 정도로 기뻤습니다.

첫 번째 스승이신 김윤영 선생님, 그리고 황의경 선생님, 정윤정 선생님을 만난 것은 큰 행운입니다. 막연한 생각을 이야기로 설계하는 방법을 알려주셨고, 제가 보고 있는 것 너머를 상상할 수 있도록 가르쳐주셨습니다. 배움은 수업이 끝난 지금도 계속 이어지고 있습니다. 깊이깊이 감사드립니다. 또, 같은 꿈을 꾸는 글동무들의 얼굴도 떠오릅니다. 앞으로도 마음을 나누며 함께 이 길을 걷고 싶습니다.

방 안에서 혼자 추는 춤, 등산하며 몰래 부르는 노래처럼 저는 그동안 은밀하고 씩씩하게 습작을 했습니다. 아무도 제게 드라마를 써보라고 시키지 않았고, 크게 관심이나 기대를 받은 적도 없습니다. 그저 좋아서 하는 일이었습니다. 그럼에도 생각이 복잡해질 때, 철없는 딸에게 조건 없는 애정을 주시는 엄마 덕분에 계속할 수 있었습니다.

이런 쑥스러운 말을 할 수 있도록 자리를 마련해주신 한국방송작가협회교육원에 감사드립니다.

돼

지

기획의도.

　이러지도 저러지도 못하고, 뭐하나 뜻대로 되는 일이 없을 때,
이 지긋지긋한 인생에서 벗어나고 싶은데 주저하는 이유는 가진 것보다
짐진 것이 더 많기 때문일 것이다. 가진다면 행복할까? 버린다면 편안할까?
물음표 속에서 스스로에게 쓰는 편지 같은 이야기다.
이 글은 오로지 나의 불안과 불만에서 시작되었다.

로그라인.

　사생활도 사회생활도 코너에 몰린 8급 공무원,
시장의 비자금을 빼돌려 우즈베키스탄으로 떠날 결심을 한다.

등장인물.

남종미 (여/31)

　하명시에 9급 일반행정직으로 임용된 지 7년, 현재 8급 공무원이다.
졸업과 동시에 떡하니 합격해 제 밥벌이 잘하고 얼굴도 예쁘고 성격도 무던하니
주위에서는 "그 집 부모님은 얼마나 좋으시겠어." 소리를 듣는다. 바로 그 무던한
성격이 저를 파먹고 있는 줄 몰랐다. 때만 되면 사고치고 가출하는 아버지의 빚,
그 때문에 어린 남매를 홀로 키운 어머니의 히스테리, 어떻게든 살아보려 아등바등
대는 누나를 비웃기라도 하는 듯 방에 틀어박힌 남동생의 우울.
모든 것을 견뎌보려 했다. 그래보려 했는데... 앞으로 30년을 일해야 하는 시청에
제 연애의 치부가 모두 까발려졌다.

여현수 (남/34)

눈도 동글 코도 동글한 저와 제 어머니와는 다른, 개구리 왕눈이 투투 같은 얼굴을 한 아버지를 따라 한국에 들어왔을 때, 아직 일곱살이었다. 어딜 가도 눈에 띄는 이국적인 외모로 시선과 차별을 받는 것보다 끔찍했던 것은, 아버지 여윤섭 그 자체였다. 시의원과 도의원을 거쳐 하명시장에 당선되기까지 현수를 인형처럼 끌고 다녔다. 사람들은 혼외자 스캔들에 대해 끊임없이 떠들었고 관심이 표로 이어졌기 때문이다. "내 돈 뜯어내려는 쌍년"을 닮았다며 두들겨 패던 것도 그때 멈추었다. 신문사 기자로 일하다가 여윤섭의 시장직 연임 준비 등 비선 업무를 위해 비서실장으로 파격 임용되어 하명시에 들어왔다. 여기서 대학시절 첫사랑 종미를 만나고.

우도식 (남/50대)

여윤섭이 건설사업을 본격적으로 확장하던 80년대에 인연을 맺었다. 돈이면 뭐든지 가리지 않고 하는 사람이다. 그리고 일곱 살 현수의 손을 잡고 한국으로 들어온 사람이기도 하다.

-이외-

배영탁 (남/36세) 종미의 전 남자친구.
여윤섭 (남/60대) 하명시 시장, 현수의 친부, 돈의 화신.
종미엄마 (여/60대) 팍팍한 인생 그러다보니 놓친 것이 많은 여자.
과장, 현경, 염수희, 군인1과 2, 주무관1, 친구1,
아기돼지 그리고 마키나.

줄거리

안 그래도 사는 게 벅찬 종미에게 또 하나의 폭탄이 떨어진다. 전남친 영탁이 같은 부서로 이동해 온다는 것이다. 이에 과장은 종미를 불러 다른 부서로 옮기라고 종용하지만 "왜 내가 나가야 돼?" 발끈한 종미는 이를 거절한다.

임용동기였던 종미와 영탁은 하명시 공개커플이었다. 결혼 시기를 조율하던 중 총무과 조은아가 임신 소식을 알려오기 전까지 말이다. 영탁은 빠르게 은아와 결혼을 했고 종미, 영탁, 은아 모두 하명시에서 일하고 있는 이 상황이 시청 직원 모두의 안주거리가 된 것은 말할 것도 없다.

같은 공간에서 일하는 두 사람이 불편한 것은 물론이고 주변도 힘들어한다. 종미는 이 모든 게 자기 때문이라고 손가락질 당하는 현실이 괴롭다. 와중에 대학시절 마음을 나눴던 현수와 재회한다.

영탁과의 갈등이 고조되고 더 이상 견딜 수 없는 상황 속에서, 종미는 시장의 비자금을 빼돌려 제 어머니가 살고 있는 우즈베키스탄으로 떠나려는 현수의 계획을 알게 된다. 충동처럼 나도 데려가 달라고 말하고 현수는 이를 받아들인다.

여윤섭의 비자금 은닉처는 시내 딱 한 군데 남은 돼지축사다. 그나마도 최근 살처분을 해 지금은 텅 비어 있는 공간, D-DAY 구제역 방역 비상근무에 나선 종미는 자정에 트럭을 몰고 오겠다는 현수를 초조하게 기다리는데...

S#1. 시청 회계과 / 낮

누군가의 컴퓨터 화면 위로

과장(E)　　　새올 들어가서 이름 쳐봐.

시청 내부망에 접속해 직원 검색란에 '남종미' 친다.
검색결과 클릭하면 종미(여/31)의 프로필이 새 창으로 뜨고,

과장(E)　　　다음은 배영탁

'배영탁' 키보드 치면, 마찬가지 프로필창 뜬다.

과장(E)　　　이 둘이 임용동긴데, 나이는 영탁(남/36)이가 좀 더 많았고...
　　　　　　　이제 조은아 한 번 검색 해봐.

컴퓨터 화면에서 멀어져 풀샷이 나오면 과장이 커피 한 잔 들고
수습직원 옆에 서서 떠들고 있다. 수습, '조은화'라고 친다.

과장　　　　아니 아니, 화가 아니라 아.

다시 '조은아' 검색하면 또 한 명의 프로필이 새 창으로 뜬다.
종미, 영탁, 은아 순으로 창이 열려 있다.
마우스 커서가 움직이며 종미와 영탁을 동그랗게 묶는다.

과장(E)　　　뭐 자기들은 몰래라면 몰래 연애 했는데, 우린 다 알고 있었지.

다시 마우스 커서가 움직이며 영탁과 은아를 동그랗게 묶는다.

과장　　　　그런데 이 은아 씨가 그걸 모르고 영탁이를 짝사랑했던 모양이야.

수습	(호응) 아...

컴퓨터 화면, 영탁의 사진이 가운데서 빠지고 종미와 은아가 붙는다.

과장	영탁이는 종미와 결혼하려고 준비 다 하고 있는데,
	(오버) 아 이 은아가 나 배불렀소, 폭탄을 터트렸어!
수습	(깜짝 놀라) 네? 갑자기요?
과장	(작게) 부서 회식하고 둘만 한잔 더 하네 어쩌네 하다 일이 생긴 거야.
수습	웬일이야... 남 주사님 어떡해...

다시 컴퓨터 화면, 종미와 은아의 프로필 나란히 붙어있다.

과장	봐봐, 사진으로 보면 둘 다 뽀샵을 해서 괜찮아 보이는데, 종미가
	여러모로 나아. 은아는 키가 작고 실물은 영 아니거든. (웃으며)
	그래서 배영탁이가 식 올리고 한 동안 술 안 취하면 집에를
	안 들어갔다는 거 아냐. (재미있다는 듯) 으하하하하.
수습	(맞춰 웃는다) 네...
과장	그 영탁이 아들 돌잔치를 내가 지난주에 다녀왔잖아. 으하하하하.

"뭐가 그렇게 재밌어요, 과장님!"
과장 등이 놀라서 보면 현경(여/40대)이 사무실로 들어온다.
수습, 재빨리 화면에 떠 있는 프로필창을 끈다.

과장	아니 실수하지 말라고. 행여나 실수 할까봐서. (하는데)
종미	(현경 뒤에 바로 붙어서 들어오며 꾸벅) 안녕하세요.
과장	(이런) 어어, 왔어.

다들 자기 자리로 흩어지고. 종미, 자리에 가방을 내려놓으며 컴퓨터 전원을 켠다.
내부망에 로그인 하자마자 메신저로 쪽지가 온다. [신경 쓰지 마]

종미, 파티션 건너 다른 팀에 있는 현경을 한 번 보고
답장을 클릭, [어떻게 신경을 안 써요] 라고 썼다가 지운다.

S#2. 시청 구내식당 / 낮

젓가락으로 집어올린 코다리강정.

종미	(현경에게 보여주며) 왜 월요일에는 코다리강정일까요?
현경	뭐가.
종미	우리 식당 왜 월요일 점심에 매번 코다리강정인지 신경 안 쓰여요?
현경	(무심하게) 맞아. 그래서 과장님이 그러잖아.
	자기는 이제 코다리강정을 먹어야 월요일이구나 한다고.
종미	(식판에 내려놓고) 미쳐.
현경	(잔반을 모으며) 다 먹었지? 일어나자. (식판 들고 일어서는데)
종미	(손으로 앉으라고) 잠깐. 1분만. (눈으로 현경의 뒤를 가리킨다)

구내식당 별실에서 식판들고 나오는 여윤섭(남/60대).
뒤로 여현수(남/34) 비서실장, 행정국장, 전문위원 몇몇이 따른다
영양사, 주방직원에게 사람 좋게 인사 건네더니 식당 빠져나간다.
그 중 뚜렷한 이목구비가 이국적인 현수가 단연 눈에 띈다.

현경	과장님 보셨으면 (흉내) '저저 싸가지' 그랬겠네.
종미	(피식)
현경	과장님은 비서실장이 젊어서 싫은 거야, 잘생겨서 싫은 거야?
종미	(웃으며) 둘 다 아니에요?

S#3. 시청 뒷산공원 / 낮

현경(E)	진짤까?

운동기구와 벤치가 있는 작은 쉼터
종미는 허리 돌리기, 현경은 다리 운동을 하고 있다.

종미	(보고) 뭐가요?
현경	비서실장.
종미	?
현경	시장님 하고 비서실장은 딱 봐도 종자가 다르잖아.
종미	다르죠. 혼혈이잖아요.
현경	시장님 시의원 도의원 거쳐 시장 당선 전까지 건설업 크게
	했던 거 알지?그때 별명이 농부였대.
종미	농부요?
현경	씨를 그냥 여기 저기 막 뿌리고 다닌다고. 웃기지?
종미	아이고 참나! (운동기구에서 내려와 벤치에 앉는다)
현경	(마찬가지 내려와 종미 옆에 앉으며) 그 점, 점이 말해주잖아.

인서트>	씬2. 구내식당에서 나가는 여 시장과 현수의 옆얼굴.
	둘 다 오른쪽 구레나룻 아래 왕점이 선명하다.

현경	자기야 찜질방 가봐라? 시장님 혼외자 잘생겼다고 아줌마들 난리지.
	선거마다 대놓고 데리고 다니면서 유세시키는 거 보면,
	우리 시장님도 보통 관종이 아니야. 비서실장 점, 그런 거라는
	소문도 있던데? 볼 때마다 커진다잖아.
종미	(피식) 점 진짠데.
현경	뭐? 어떻게 알아?
종미	(핸드폰으로 시간 확인하더니 일어난다) 가요. 55분이야.
현경	벌써? 57분에 가자.

종미	(현경 일으키며) 아 빨리 일어나요. 이도 닦아야 하고.
현경	(팔짱끼고 걸으며) 어떻게 알아? 만져봤어?
종미	(질색) 아 뭘 만져봐.

S#4. 시청 여자 화장실 / 낮

좁은 화장실, 수습과 그 동기들 모여 이야기 나눈다.
"말도 안 돼.", "나 같으면 여기 못 다녀.", "우리도 조심해야 돼."
칫솔에 치약 묻혀서 들어오는 종미. 일순 정적.

종미	(아무렇지 않게) 식사 했어요?

수습과 동기 "네" 대답하더니 스스스 흩어진다.
쏴아아, 컵에 물을 받다가 탁, 신경질적으로 수전을 내린다.
"(E)나 같으면 여기 못 다녀"

종미	(거울 물끄러미 보다가) 왜 못 다녀? (양치질을 시작한다)

S#5. 시청 회계과 / 낮

공중에 매달린 '계약2팀' 푯말 아래 종미 일하는 중이다. 옆에 민원인 앉아있다.

종미	(서류 넘기며 확인) 사업자등록증, 직접생산증명서… 네, 서류 다 확인했고요. 납기일… 12월 31일 맞죠? (컴퓨터에서 문서 하나 찾아 인쇄 버튼 누른다. 프린터가 윙윙) 잠시 만요. 이것만 한부씩 더 작성해주세요.
민원인	아직도 뭐가 남았어요?

과장, 머그잔 들고 지나가며 "옥상에 차 한 잔 합시다."
종미 과장보고 고개 끄덕 한다. 인쇄된 종이 가져다 민원인 앞에 내밀며.

종미   (달래듯 웃으며) 일이 끝날 듯 안 끝나죠? 여기, 여기 사인하세요.

S#6. 시청 옥상정원 / 낮

쩌렁쩌렁 울리는 '임을 위한 행진곡'
종미와 과장 나란히 서서 내려다보면 정문 앞에서 집회가 진행 중이다.
"하명시! 폐기장! 결사반대!" 집회 구호가 시작된다.

과장   (집회 보며) 이 노래가 이렇게 쓰라고 만든 건 줄 아나, 쯧.
             저 사람들 벌써 1년도 넘었어.
             일은 어때, 많이 바쁜가? 야근 자주 하는 거 같던데.
종미   몰릴 때가 있으니까요.
과장   한창 좋을 때 데이트도 하고 해야지. 너무 바쁘면 안 좋잖아?
종미   ...
과장   어디 좀 편한 데로 옮기면 어때?
종미   네?
과장   아하이. 참나... 영탁이 말이야.
종미   !
과장   걔 어떻게 맨날 사업소만 전전하게 하나. 본청 들어와서 일다운
             일 해야, 2층에 눈도장이라도 찍고 승진도 할 텐데 안 그래.
종미   그걸 왜...
과장   내가 우리과로 불러올렸어.
종미   과장님.
과장   가고 싶은 부서 있음 말은 해봐. 내가 그 정도 배려는 해볼게.

종미	!
과장	옛날 사귀었던 남자랑 한 사무실에 일하면 아무래도 불편할 거 아냐.
종미	...제가요? 아님 배영탁 주사가요?
과장	흥분하지 말고 침착하니 생각해봐.
	(종미 어깨 두드리며) 아무튼 영탁이 올라오는 건 결정된 사항이야.

과장 먼저 옥상 내려간다. 철문이 닫히고.
종미, "아 말이 되냐고!" 온몸으로 짜증을 낸다.
난리치는 중에 슬리퍼가 벗겨지고 발가락도 찧었다.
아파 죽겠는데 인기척에 고개를 들면

현수	혹시나 해서 미리 말하는데, 내가 너보다 먼저야.
	(손으로 가리키며) 저쪽에서 통화하고 있었어.
종미	(인상) 다 들었어?
현수	(끄덕)
종미	쪽팔려.

그대로 옥상을 내려가는 종미.

현수	못 들었다고 할 걸.

S#7. 갤러리 전경 / 낮

멈춘 차에서 내리는 현수. 재킷 단추를 잠그고 옷매무새 가다듬는다.

S#8. 갤러리 대표실 / 낮

똑똑, 문이 열리고 직원 안내받으며 현수 들어온다.

염수희 대표(여/50대) 책상에서 일어선다.

염대표	(직원에게) 티.
현수	(다가와 꾸벅) 오랜만에 뵙습니다. 대표님.

테이블에 보이차 두 잔 놓는다. 달칵, 문 닫히고

염대표	여 기자, 얼굴보기 힘드네?
현수	(테이블에 명함 올리며) 신문사 그만 둔지 좀 됐습니다.
염대표	(명함 눈으로 읽고) 웃겨. 너무 노골적이다.
현수	대표님. (하는데)
염대표	(짜증스레 손사래) 지금 여 시장님 임기 얼마 남았어?
	나, 더 기다려야 돼?
현수	문제가 있으면 내부에서 먼저 정리하셔야지, 검찰 개입 시키시는 거,
	걔들한테 떡밥 주는 것 밖에 안 됩니다.
염대표	선거운동 기간에 두 장, 당선 직후에 두 장.
	직접 받아갔으니까 모른다 소리는 못하겠지.
현수	(말없이 차를 마신다)
염대표	아트페어도 무산되고, 겨우 시립미술관장 자리도 기다려 달라? 야!
현수	(표정 싸늘해지고)
염대표	(지지 않고) 내가 호구로 보이니?
현수	(웃으며) 신속하게 진행하려 해도 관의 일이라는 게 저희 마음처럼
	속도가 나질 않습니다. 두 분 신뢰관계 무너지지 않게 제가 (하는데)
염대표	내가 사냥꾼이랑 할 이야기를 사냥개랑 떠들고 있었구나?
	2층에 소환장 날아가기 전에 직접 말씀 나누자고 여 시장님께 전해.
현수	(본다)
염대표	차는 다른데 가서 마시고.

현수	(나긋나긋) ... 세인트폴 다니는 아드님, SAT 점수 잘 나왔습니까?
염대표	(눈빛이 변하고)
현수	중국에서 시험지 유출해오는 브로커들 중에 예전 취재원이 있습니다.
염대표	(표정)
현수	아드님이 영... 못 미더우셨나 봐요? (차 마시고)
염대표	(쇼파로 몸 젖히며) 하.
현수	(일어서서) 고소는 오늘 안에 취하해 주시길 부탁드리겠습니다. (꾸벅)
염대표	...한방 먹인 거 같지? 이거 실수한 거야.
현수	(한 번 더 꾸벅) 차, 잘 마셨습니다.

S#9. 갤러리 안 / 낮

현수 대표실 문 닫자마자. 쨍그랑, 안에서 찻잔 깨지는 소리가 난다.
직원이 놀라 일어서면 현수 살짝 난처한 미소로 목례하고 지나간다.

S#10. 현수 차 이동 / 낮

굳은 표정으로 운전 중인 현수. 번화가를 지나 아파트 단지, 다시 하천가를 달린다.
도시 외곽으로 나가 논밭 풍경이 펼쳐진다. 차를 세우고.

S#11. 돼지축사 주변 / 낮

해질녘 한적한 도로 양 옆으로 펼쳐진 논길 따라 걷는 현수. 전화 통화 중이다.

여윤섭(F)	그래.
현수	현숩니다. 염수희 대표님 만났습니다.

여윤섭(F)	뭐라 그래 그 정신 나간 년.
현수	고소 취하하신답니다.
여윤섭(F)	그렇게 하겠대?
현수	미국에 있는 아들 관련 언질을 줬습니다.
여윤섭(F)	이판사판 같이 죽자고 덤비더니 지 새끼는 살리고 싶다?
현수	사람들은 보통, 자식이 아킬레스건이니까요.
여윤섭(F)	알았다.

띡, 전화 끊겼다. 현수 발걸음 멈추고 서서 돼지축사를 바라본다.

현수	물론 시장님은 아니라는 거 잘 압니다.

불어오는 바람이 현수의 이마를 식힌다. 동시에 코 찡긋한다.

현수	이 냄새는 익숙해지질 않네.

현수의 시선 끝에 낡은 돼지 축사.

S#12. 시청 회계과 / 낮

"배영탁 주사님 자리가 어딘가요?" 드르륵 화분 실은 카트가 들어온다.
"안녕하십니까." 곧이어 시끌벅적 들어오는 영탁과 영탁부서 사람들.
종미, 재무팀 현경 옆 책상에 짐을 풀고 있다.
수습, 종이컵에 음료수를 따라 나르느라 바쁘고
와하하, 테이블에 둘러 앉아 정담을 나누는 과장과 영탁 일행.

현경	(과장 등 처다보며) 누가 보면 이산가족 상봉한 줄 알겠네?
	이따가 송환영회는 내가 적당히 (하는데)
종미	가야죠.

현경	가다고?
종미	네. 가야죠.
현경	진짜?
종미	아 소고기 먹는데 가야죠.
현경	(수화기 들고 번호 누른다) 네 사장님, 여섯시 반 시청 회계과요.
	한 명 더 추가해주세요. 네에. (전화 끊고 종미 보는데 난처하다)
종미	...
현경	솔직히 안 간다고 할 줄 알았어. 쏘리.

S#13. 정육식당 / 밤

다 꺼진 숯불 위에서 새까맣게 타고 있는 남은 고기 몇 점.
회식은 파장 분위기고 스무 명 되는 사람들 얼큰하게 취했다.
종미는 현경과 과장 테이블에서 멀리 떨어진 자리에 앉아있는데
과장이 소주병을 들고 비틀대며 다가온다.

과장	남종미 여기 있었네. 한 잔 받아.
종미	(잔을 내민다)
과장	(따르며) 한 번도 우리 테이블에 오지도 않고 말이야.
현경	(조금 취해) 아 거기 영타기 있짜나요.
과장	종미야, 너랑 영탁이가 잘 됐으면 얼마나 좋았냐. (현경보고)
	내가 가람동 사무장할 때 이 자식들 첫 발령 받아 왔다고 말했나?
현경	백번 말씀하셨어. 백번
과장	아잇, 백한 번 들어 그럼. 가만, 어? 무슨 말하고 있었지?
	(현경 흘기며) 거 참. 어 그래, 이 놈들이 썩 잘 어울렸단 말이야.
	내가 영탁이 옆구리 찔렀어. 종미 잡으라고. 종미는 누가 채가도
	금방 채간다.

종미	...
현경	(종미 보며 농담) 원흉이 과장님이네.
과장	그런데 요모양 요꼬라지 났어.
	이놈이 요령이 없어서 영탁이를 탁! 뺏겼지.
현경	아 그만 좀 하세요. 귀에 딱지 앉겠어요. 정말.
과장	남종미, 왜 입나왔냐, 삐졌냐?
종미	...
과장	영탁이 불러올린 거 서운하냐?
종미	... 네.
과장	... 이 자식이... (돌아보며) 야 영탁아! 너 일루 와봐.
현경	아흐, 진짜.

"많이 드셨어요?"
영탁 잔 들고 활짝 웃으며 합석한다.
과장 취해서 또 소주잔 나란히 놓고 술 따른다.
한잔은 종미 앞에 다른 한잔은 영탁에게 준다.

과장	어쩌냐, 미래를 생각해야지. 나는 5년이면 끽이지만, 너희는
	정년까지 을마나 먼 길이야. 미국 연예인 누구야 사랑과 영혼,
	다이하드처럼 그렇게 지내봐. 어? 마셔.
영탁	(소주 털어 마시며) 넵 과장님 걱정 마십쇼.

영탁, 종미 앞에 있던 소주도 제가 털어 마시더니, 잔에 맥주 따라 다시 건넨다.

과장	(이제 가물가물) 이거 봐라, 영탁이가 너 술 못하는 것도 알고...

종미, 영탁 보며 처음 과장에게 받았던 소주를 원샷 한다.
영탁, 픽 한쪽 입꼬리를 올린다.

종미	이런 상황에서도 '나 아무렇지 않아요' 웃는 얼굴…
	1년 6개월 만에 봐도 소름 끼치긴 마찬가지네.
영탁	(여전히 싱글) 너도 그럼 좀 웃어. 1년 6개월 만인데.
종미	… (더 이상 상대해 뭣하나 싶어 가방 들고 일어난다)
과장	(보더니) 어딜 가, 앉아. 한잔 더!
현경	과장님 목소리 높아진 거 보니까 회식 끝났네. 어우 다들 일어나요.

다들 자리에서 주섬주섬 일어서고.

S#14. 버스 정류장 / 밤

"택시 불렀지? 먼저 갈게" 현경이 탄 택시가 떠난다.
버스정류장 전광판에 이미 운행종료 표시 떠 있다.
종미 혼자 남아 벤치에 고개를 처박을 듯 고꾸라져 있고
차가 한 대 와서 멈춘다. 지이잉 창문 내리는 소리. 만취한 종미 고개를 겨우 들면

현수	종미야.
종미	…

S#15. 대학 영화 동아리방 / 밤 / 회상

어두운 방문을 열고 들어오는 젖은 머리의 종미(20세),
더듬어 스위치를 켠다.
소파에 누워있던 현수(23세)가 벽을 향해 돌아눕는다.

종미	(깜짝) 현수 선배?
현수	(후드를 뒤집어쓴다)
종미	언제 왔어요? (다가가 현수 보면 얼굴이 엉망이다)…

뭐야 얼굴 왜이래.

현수   (후드를 잡아끌어 얼굴을 가리며 일어나) 계단에서, 굴렀어.

종미, 젖은 머리칼을 수건으로 말아 감싸고
서랍을 뒤지며 응급약 상자 찾느라 바쁘다.

종미   아니 도의원씩이나 되는 분이 왜 이렇게 아들을 때려.
현수   ...

종미, 현수 옆에 앉아서 연고를 발라주려 한다.

현수   (피하며) 아 됐어.
종미   (쓰읍) 아 가만있어 봐요.

              (연고 바르며 투덜) 안 보이는데도 많은데 하필 꼭 얼굴을 이렇게...
현수   조용히 좀 해.
종미   솔직히 선배가 내세울게 얼굴 말고 더 있어요?
현수   (보면)
종미   (입에 지퍼 잠그는 시늉)
현수   (피식 웃는데 터진 입이 아프다) 아아.
종미   (보며) 가만있으라니까.

현수 입가에 연고를 바르는 종미.
종미는 현수의 입술을 바라보고, 현수는 그런 종미의 속눈썹을 본다.
방심한 순간, 갑자기 종미가 눈을 맞춰온다. 현수 벌떡 일어나 자리를 피한다.

현수   여기서 자려고?
종미   (우물쭈물) 어... 내일 1교시 있어서요.
현수   그래? 그럼 내가 나가야겠다.

종미	갈 데 있어요?
현수	(본다)...
종미	난 괜찮은데.
현수	갈 데가 없겠냐.

현수 제 가방 챙기다가 구석에 종미의 짐 보따리를 본다.
커다란 가방에 이것저것 잔뜩, 터질듯 하다.

현수	너, 무슨 일 있지?
종미	... 아니요.
	동아리 그만두기 전에 여기 있는 영화나 싹 보고 나갈까... 해서.
현수	집 나왔어?
종미	(절레절레)...
현수	집에 못 들어가는 거야?
종미	... (어렵게 끄덕)
현수	...
종미	빚쟁이들 찾아와서요.
현수	...
종미	갈 데가 없어요.

커피포트에 물 끓이는 현수. 곧 요란하게 끓는 소리 난다.
컵에 따라서 종미 앞에 놓아주며 마주 앉는다.

현수	너랑 나는...
종미	(본다)
현수	서로 거짓말하지 말자. 쓸데없이 너무... 피곤하잖아.
종미	(끄덕) 네.

종미 손 안 종이컵에서 김이 모락 피어오르고.

S#16. 현수의 차 안 / 밤

조수석 창문에 꽐라가 된 종미가 머리를 박고 있다. 현수 흘깃 보고

종미	이럴 땐 그냥 모르는 척 좀 해.
현수	…
종미	쓸데없이 피곤하잖아.
현수	(픔)
종미	수성일보 다닌다고 들었는데.
현수	내년 지선 준비 때문에. (주택 골목으로 들어가 두리번) 이 근처 맞지?
종미	기억력도 좋아. (손가락으로 가리키며) 저기.
현수	그래도 몇 번 와봤으니까.
종미	그게 벌써 언젠데.
현수	종미야.
종미	왜.
현수	그 자식 확 꽃섬으로 보내버릴까?
종미	뭐?
현수	너무 괴로우면.
종미	시끄러. 가 이제.

종미 문 열고 내린다.

S#17. 종미 집 / 밤

종미 현관에서 신발 벗는데 중심 잘 못 잡아 휘청한다.

어두운 집안 부엌에 불을 켜고 앉아있던 종미엄마
식탁위에 늘어놓은 명세서와 고지서를 서둘러 정리한다.

종미엄마   왔어?

종미, 우욱 소리 내더니 그대로 화장실로 직행.
쏴아아 변기 물 내리는 소리.

종미엄마   아니 왜 이기지도 못하는 술을 마셔.

종미 물 한잔 따라 벌컥 마시고

종미   석이는?
종미엄마   (닫혀있는 방문 보며) 똑같지 뭐. 하루 종일 처박혀서 뭘 하는지...
종미   엄마, 나 휴직 할까?
종미엄마   갑자기 무슨 개뼉다귀 같은 소리야.
종미   나 진짜 회사 못 다니겠어. 진짜 힘들어 죽겠어.
종미엄마   남의 돈 버는 게 쉽니? 돈 들어갈 데가 얼마나 많은데,
                당장 이번 달만 해도 (하는데)
종미   엄마, 나는 돈 못 벌면 엄마 딸 아니야?
종미엄마   ... 엄마도 힘들어. 평생 니 아빠 사고치고 다니는 거 뒤치다꺼리
                하면서 진 다 빠졌어. 너까지 보태지 마.
종미   (피식) 엄마는 꼭 그러더라.
                내가 힘들다고 하면 자기가 더 힘들다고.
종미엄마   ... 꼭 쓸데없는 말해서 속 뒤집어 놓지 너.
종미   (방으로 들어가며) 미안해.

S#18. 시청 회계과 / 낮

다들 앉아서 일하는데 영탁이 선물상자 하나씩 돌린다.
"뭐야?", "돌잔치 수건인데 쓰시라고요.", "고마워. 잘 쓸게."
종미 모니터 보고 있지만 신경 쓰이는 얼굴.
영탁 현경에게 상자 건네고 드디어 종미 옆에 섰다.
사무실의 모든 눈이 쏠리는 느낌.

영탁   (웃으며) 수건이에요.

정적. 옆자리 현경이 나서서

현경   어어. 여기 두고 가. (하는데)
종미   (휙 고개 돌리더니 상자 받고 조커처럼 씨익) 잘 쓸게요.
영탁   (떨떠름) 네.

지켜보던 사람들 모두 그제야 자기 일로 돌아가고
종미 시선을 모니터로 옮기면 [잘했어]
현경으로부터 쪽지가 왔다.

S#19. 시청뒷산 공원 / 낮

현경(E)   잘 했어.

종미와 현경 열심히 운동하고 있다. (씬3과 동일)

종미   그때 과장님 말씀대로 옮겼어야 했는데, 괜히 욱해서...
현경   무슨 소리야. 막말로 영탁이를 30년 피해 다닐 수 있어?
종미   (운동기구에서 내려와 머리 쥐어뜯는다) 아흐.
현경   (놀리는) 사귄 게 죄는 아니잖아.
종미   (버럭) 아, 주사님!

현경	지금처럼 적당히 해. 똥이 무서워서 피해? 더러워서 피하는 거지.
종미	...

S#20. 시청 회계과 / 낮

종미, 한숨 팍 쉬며 자리에서 일어선다. 그리고 영탁 자리로 간다.

종미	뭘 모르시겠다는 거예요?
영탁	...
종미	(모니터 보며 클릭 클릭) 이거 열세건 전부 작년 축제준비위에서 올린 계약이고요. 공연팀별로 개별 진행한 거 보이시죠? (지난 결재 문서 열어서 보여주며) 보시면 7월에 계약이 다 몰려 있어요. 했던 팀이 또 하는 경우가 많으니까 작년도 결재문서 보고 진행하세요.
영탁	(딱딱하게 구는 종미 빤히 본다)
종미	(뭘 봐) 인수인계 파일에 다 적어 놨어요. (힘 줘서) 좀, 보세요.
영탁	(기분 나쁜)

S#21. 복집 룸 / 낮

여윤섭 점심상 치고 거한 복어 정식을 차려놓고 식사 중인데
드륵, 문 열고 현수가 들어온다.

여윤섭	(보고) 어.
현수	식사가 늦으셨네요. (착석)
식당매니저	같은 걸로 올릴까요?
여윤섭	(손으로 휙휙) 아니. 밥 한 공기만 더 놓으면 되겠다.

식당매니저	네. (문 닫고 나간다)
현수	...
여윤섭	(게걸스럽게 지리에 밥을 말아 먹으며) 태일건설 김 사장 통화 했다. 높은 자리 계시니까 목소리 듣기도 하늘의 별따기라 지랄하대.
현수	김 사장님 민원 지난번에 검토 해봤는데요. 너무 위험합니다.
여윤섭	제 돈 거저 퍼주는 놈도 있나? (물마시고)
현수	선거 자금 이렇게 융통하다보면 갤러리 염 대표처럼 계속 뒤탈 납니다. 지금까지와는 방식을 바꿔서 (하는데)
여윤섭	(큰소리로) 잘~ 먹었다.

여윤섭 일어나 현수 옆에 선다. 현수의 잘 세팅된 머리에 손가락을 쑤욱 넣는다.
그리고 세게 쥐고 흔든다. 현수 아무런 저항도 못하고.

여윤섭	(놓고) 뒤탈 안 나게 하라고 너 거기 앉혀 놓은 거잖아.
현수	...
여윤섭	밥값을 하라고. (현수 뺨을 톡 치고 그대로 나간다)

드륵 문이 닫히고. 현수 자리에 어린 현수(9살)가 현수의 슈트를 입고 앉아있다.
어린 현수의 덤덤한 표정.

드륵, 다시 문이 열리고 우도식(남/50대) 들어온다.
어린 현수를 쓱 본다. 여윤섭 자리에 앉아서 쓰던 수저로 남은 반찬을 집어 먹는다.
그러다 다시 고개를 들면 지금의 현수다.

현수	(멍하니 있다가) 왜 꼭 남긴 걸 드세요.
우도식	(쩝쩝) 니 시장님 맛있는 건 죄 자기가 잡숫잖니. 남기질 않어.
현수	새로 시켜드려요?
우도식	됐어. 이렇게 몇 십 년을 살다 보니까 남은 게 또 입맛에 맞어.

현수	... 하실 말씀 있죠.
우도식	안 먹냐.
현수	(밥을 주면)
우도식	(비어있던 돌솥에 밥을 붓고 또 반찬이랑 해서 쩝쩝)
	너 왜 사방에 적을 만들고 다녀.
현수	제 인생에 아군이 있어요?
우도식	(쩝쩝) 등신아. 세상이 아군, 적군으로 딱 나뉘더냐.
현수	아군이 있냐고요.
우도식	(보고) 너 하기 달렸지.
현수	(일어서며) 드시고 가세요.
우도식	현수.
현수	(보면)
우도식	머리가 그게 뭐야.

현수 머리카락을 손가락을 슥슥 빗어 정리하고 나간다.
문이 닫히자 바쁘게 움직이던 우도식의 젓가락질이 멈춘다.
복잡한 생각이 얼굴에 비치고.

S#22. 시청 비서실장실 / 밤

현수 들어오면 대기의자에 앉아있던 회계과장 일어선다.
손에 결재판 들고 있다. 현수 시계 보면 오후 6시를 넘겼다.

현수	급한 거 아니면 내일 오전에 하시죠.
과장	(멋쩍다) 매년 올리던 결재인데 시장님 통 바쁘신 거 같아서...
	(하는데)
현수	매년 올리던 결재가 보류 중일 때는 이유가 있지 않겠습니까.

과장님.

과장   (끙)

현수   내일 뵙죠.

S#23. 시청 2층 복도 / 밤

과장 비서실장실 나오면서

과장   싸가지 없는 놈.

S#24. 시청 비서실장실 / 밤

현수, '일본 하치오지시 방문 계획' 보고서 넘겨보다가
피곤한지 눈을 질끈 감았다 뜨며 시계 보면 7시다.
컴퓨터 사내 메신저에 '남종미' 검색 한다.
아이콘에 불이 들어와 있다.
[야근? 저녁 같이 먹자] 라고 보내면 금세 읽음 표시 뜨고
[안 그래도 밥 시키려던 중] 답장 온다.
[배고프다. 맛있는 거 사줄게 뭐 먹을래?] 현수 답장한다.

현수   매운 거 땡기는데.

[매운거!] 종미 답장 온다.
현수 웃는다. [오키 10분 후 정문 앞 횡단보도] 답장. 현수 일어선다.

S#25. 시청 회계과 / 밤

종미 지갑과 공무원증 챙겨서 일어나면

사무실 다 퇴근 한 모양. 영탁이 홀로 야근 중이다.
쌩하니 곁을 지나치려는데

영탁	야, 말을 꼭 그렇게 해야 되냐?
종미	(멈추고) 뭐?
영탁	사람들 다 듣는데, 그까짓 거 알려주면서 말을 고따위로 하냐고.
종미	내가 너였음 나한테 말 안 걸어. 먼저 깐족거린 게 누군데.
영탁	이왕 한 부서에서 일하는데 다들 불편하게 데면데면해 그럼?
종미	불편하게 만든 사람이 나야?
영탁	말로 해야 아냐?
종미	…

캐비닛 위 영탁의 화분 세 개.

S#26. 시청 정문 / 밤

현수, 종미 기다리고 있다. 시계 보면 7시 30분.

S#27. 시청 회계과 / 밤

종미	(흥분) 만나자고 꼬신 것도 너고, 사람들한테 나랑 그렇고 그런 사이라고 소문낸 것도 너야. 술 먹고 다른 여자랑 자고 그 여자랑 결혼해서 애 낳고 사는 것도 너라고!
영탁	또 또 혼자 피해자지.
종미	…
영탁	너 걸리적대지 말고 빨리 시집가라.
종미	뭐?

영탁	말이야 바른 말이지 니네 집 빚더미에 앉아서 월급까지 꼬박꼬박
	압류되는 거, 나 2년 만나는 동안 한 마디라도 한 적 있냐? 솔직히
	그거 알고 너 털어낸 거야. 직장 동료랑 우연히 자는 새끼가 어디
	있어?
종미	...
영탁	(선심 쓰듯) 너도 어쨌든 여기서 상대 골라야 사람구실 하고 살 거
	아니야. 니네 노답 집구석, 지금은 나만 알고 있으니까,
	자꾸 자극하지 말라고.
종미	뭐?
영탁	뭐 넘어올 것 같으니까, 피해자 코스프레 적당히 하라고!
종미	...!

종미 뒤돌아 나가려는데 영탁 종미의 팔을 세게 잡는다.

영탁	어디가, 말 다 안 끝났는데!
종미	놔!

종미 잡힌 팔을 크게 휘두르다 화분을 건드린다.
쨍그랑, 큰 소리에 바로 이어 '아!' 영탁의 비명. 순간,

어두운 사무실 파티션 너머로 하나 둘 사람들이 일어선다.
하나, 둘, 셋, 넷...
종미 숨이 턱 막힌다. 도망치듯 밖으로.

S#28. 시청 1층 복도 / 밤

종미 벌겋게 달아오른 얼굴로 나온다.
문 앞에 서 있던 현수를 그냥 지나치고.

S#29. 번화가 / 밤

종미, 흥분을 이기지 못하는 듯 씩씩 대며 걷는다.
조금 떨어져서 현수가 따라가고

현수　　　종미야.
종미　　　(걸으며) 따라오지 마.
현수　　　남종미.
종미　　　(멈춰서 돌아보더니) 따라오지 말라고.

하고 바로 돌아 걷는데 맞은편에서 오는 자전거.
현수가 종미를 안쪽으로 당긴다.
아슬아슬하게 종미를 스친다.

현수　　　(놀라서) 위험하잖아.

종미 현수에게 달려든다. 현수를 양손으로 밀친다.

종미　　　따라오지 말라고 했잖아. 따라오지 말라고!
　　　　　혼자 내버려 두라고오!
현수　　　(종미가 때리게 둔다) 종미야.
종미　　　모른 척 좀 해, 제발!
현수　　　(눈 맞추며) 종미야.
종미　　　(기어이 눈물이 흐른다) 살기 싫다. 진짜.
현수　　　(종미 손잡고 눈 맞추며) 종미야.
종미　　　...
현수　　　우즈베키스탄 갈래?

두 사람을 행인들이 쳐다보며 지나치는 가운데 서로의 일렁이는 눈을 바라보면서.

S#30. 편의점 야외 테이블 / 밤

종미현수, 늦은 저녁식사 중이다.
테이블 위에 불닭볶음면, 핫바, 도시락, 소주병이 너저분.

종미	(불닭볶음면 흡입) 맛있는 거 사준다더니 이거야?
현수	학교 때 생각나고 좋네. (소주를 마신다)
종미	(건네며) 먹어 봐.
현수	(먹고) 아우, 이건 사람이 먹을 게 아니다. (질색)
종미	(다시 받아서 양념까지 싹싹)
현수	(보면서) 신기해. 너 그때도 매운 거 잘 먹었잖아.
종미	(소주 병나발) 크.
현수	이제 좀 풀려?
종미	(취한) 응. 쫌.
현수	(미소)
종미	선배.
현수	응?
종미	우즈베키스탄 가?
현수	어.
종미	... 엄마한테?
현수	어.

종미, "우즈베키스탄..." 하더니 콩, 고개가 테이블에 떨어진다.

현수	술 약한 것도 여전하시고.

현수, 자켓을 벗어 종미 위에 덮어준다.
종미 입 안에 달려들어간 머리칼을 떼어주려다 멈추고 자리로 돌아온다.

현수	(취가 올라와) 종미야, 나한테 꽤 근사한 계획이 있어.
	(소주 마시고) 우리 홍길동 놀이 할래? 탐관오리의 비자금을
	가로채서. 멀리 떠나서. 그렇게 그들은 아무도 모르는 곳에서
	행복하게 잘 살았답니다. 해볼래?
종미	(고개를 숙인 채) ...
현수	12억 정도면 괜찮잖아. 한 달에 오십 만원... 양육비 뜯기기 싫어서
	나 데려온 사람인데... 그 돈을 뺏겨봐. 얼마나 화가 나겠어.
	(피식) 날 죽이려들걸... 그런데 종미야, 나 너를 참 많이
	좋아했는데... 우리가 왜 이렇게 됐지? 종미야...

현수의 고개가 점점 옆으로 꺾인다. 스르륵 감긴 눈가가 조금 젖어있다.
맞은편 종미가 언제 깼는지 일어나 있다. 현수를 심난한 표정으로 바라본다.

S#31. 종미 집 / 밤

종미엄마 거실 베란다에 서서 종미와 현수 봤다.
도어락 해제 소리. 종미 들어온다.

종미엄마	늦는다고 카톡 하나 보내주면 덧나?
종미	깜빡했어.
종미엄마	(식탁에 차려놓은 저녁을 치운다) 누구야?
종미	학교 때 선배.
종미엄마	이 시간까지 같이 있었어?
종미	어. (종미 방으로 들어가려는데)
종미엄마	여자도 자기 능력만 괜찮으면 결혼 같은 거 안 하고 살아도 돼.
종미	(보면)
종미엄마	혼자 사는 게 백배 천배 낫지.

종미   나 결혼 하지 마?

종미엄마   ...

종미   걱정 하지 마. 빚 다 갚을 때까지 결혼 꿈도 안 꿔.

종미 방문 닫고 들어가면

종미엄마   (속상) 쟤가 요즘 진짜 왜 저래.

          (종미 들으라고) 눈은 왜 또 퉁퉁 붇었어!

S#32. 종석의 방 / 밤

어두운 방 모니터에 게임이 한창 진행 중이다.

키보드와 마우스 위에 올려진 손 미동도 하지 않는다. 종석도 듣고 있었다.

S#33. 시청 전경 / 낮

이른 아침, 시청으로 출근하는 사람들.

S#34. 시청 회계과 / 낮

종미, 사무실 들어서면 사람들 스스스 또 흩어진다.

자리에 앉아 컴퓨터 전원 켜는데

현경   (걱정) 왔어? 과장님 찾으시던데.

종미   네. (다시 일어선다)

사무실을 나서는 종미의 뒤통수에 시선이 끈질기게 따라붙는다.

S#35. 시청 옥상정원 / 낮

과장	남 주무관. 아니 종미야, 어쩌려고 이러냐?
종미	...
과장	그래서 부서이동 알아봐 준다하지 않았어!
	영탁이 처 진단서 끊자고, 상해 사건이라고 난리란다.
종미	...
과장	전후 사정이야 어찌되었든 다친 건 사실이잖아.
	일단 사람들 앞에서 공식적으로 사과 받아야겠대.
종미	...
과장	의견 묻는 거 아니야, 지시하는 거야.
종미	과장님.
과장	집에 형편도 어렵다며, 길게 보자고.
	조직 안에서 자꾸 말 나오게 해서 앞길에 도움될 거 없어.
종미	... 사과는 못하겠습니다. 죄송합니다.

종미 꾸벅 인사하고 옥상을 내려간다.

과장	하... 저거, 진짜.

S#36. 시청 계단 / 낮

종미, 서둘러 계단을 내려간다. 4층에서 3층으로 3층에서 2층으로
2층에서 1층에 도착해도 숨이 가쁘고 진정이 안 된다.
그때 지잉지잉- 핸드폰 진동이 울린다.
종미 손에 쥐고 있던 핸드폰 화면을 보면 문자가 왔다.
'너무 힘들면 휴직 알아 봐'

종미   (울컥) 엄마...

어두운 비상계단, 종미 그대로 무너진다.

S#37. 시청 비서실장실 / 낮

종미(E)   나도 같이 해.

현수, 테이블에 찻잔을 놓다가 멈칫.
현수를 바라보는 종미의 형형한 눈빛.

현수   안 돼.
종미   나 돈 필요해.
현수   ...
종미   여기서 벗어날 방법을 모르겠어.

현수 할 말을 잃고, 결국 시선을 피한다.

현수   당장 뭘 어떻게 할 것도 아니고...
종미   선배가 나 좀 데려가. 부탁이야, 도망치고 싶어도.
현수   ...
종미   갈 데가 없어.
현수   ... 미안하다.

현수의 핸드폰 진동이 길게 울린다.
현수 일어서 책상으로 가면 종미도 따라 일어서서 다가간다.

종미   우리가 왜 이렇게 됐냐고 물었지? 난 선배를 알고, 선배는 날 알아.
            그리고 우린 서로 가진 것들을 감당할 수 없다는 것도 잘 알아.

종미 성큼 다가가면 현수 뒤로 물러선다.

종미   그래서 내가 손 내밀면 선배는 항상 뒷걸음질 쳐.

현수   !

현수, 종미와 시선이 닿은 채로, 울리는 핸드폰을 받는다.

현수   네. 시장님.

종미, 뒤로 물러서며 흐르는 눈물을 빠르게 훔친다.
"알겠습니다." 통화를 마친 현수가 자켓을 챙긴다.

현수   (종미 보면 마음이 쓰리다) 돈은, 걱정하지 마.

현수가 먼저 나가고. 종미 혼자 남았다.

S#38. 복집 룸 / 낮

드륵, 현수 문 열고 들어가면 여윤섭이 앉아있다.

여윤섭   (부드럽게) 현수야 앉아라.

여윤섭이 물수건으로 손을 닦는다.
테이블에 고가의 정식이 현수 몫까지 2인분 차려져 있다.
현수 무슨 일이지 싶다. 따라서 물수건으로 손을 닦는다.

여윤섭   (술을 따라주며) 받아라.

현수   (받으며) 예.

여윤섭, 커다란 접시에 얇게 깔린 복어회를 젓가락으로 쭉 걷어

입에 넣는다. 현수는 주변 반찬을 먹는다.

여윤섭   (회를 한참 입에 넣고 씹다가) 염수희 그거. 끝까지 꼴통 부린다.

현수   (젓가락 놓고) 다시 만나보겠습니다. 아니면 일부라도 돌려주고 (하는데)

여윤섭   (고개 저으며) 으으음

현수   ?

여윤섭   바둑에서 쓰는 말인데 작은 곳을 버리고 큰 곳을 취한다, 사소취대, 알지?

현수   …

여윤섭, 복어회를 아까처럼 걷어서 현수 밥 위에 얹어준다.

여윤섭   많이 먹어. 우리 현수, 비싼 밥값 해야지.

현수를 바라보는 여윤섭의 미소가 무섭게 쎄하다.
시선 속에서 복어회를 입에 넣는 현수.

S#39. 현수 차 이동 / 낮

현수 운전하며 블루투스 통화 중

현수   알아봤어? 어떻게 된 거야?

친구(E)   그날 염 대표 고소취하하고 그냥 간 거 아니었어. 고소장 새로 접수했다.

현수   (핸들을 크게 꺾으며) 뭐?

친구(E)   피고소인을 바꿨다고.

현수   …

끼익, 차가 멈췄다. 분노한 현수의 얼굴 위로

친구(E)   여윤섭에서 여.현.수.로 바뀌었다고.

현수, 유리창 너머 풍경을 보며 다시 한 번 인상을 찌푸린다.

S#40. 돼지축사 주변 / 낮

축사 인근 도로가에 방역초소가 설치되고 있다.
작은 컨테이너 안을 오가며 짐을 나르는 사람들
현수 차에서 나와 전화를 건다.

국장(E)   예, 실장님.
현수   (상황 바라보며) 우일동 돼지축사 어떻게 된 겁니까?
국장(E)   아아. 지금 경기도에 돼지구제역 비상이 걸려가지고요.
          어제부터 다 파묻고 어휴, 난리도 난리도 아닙니다.

현수   ...
국장(E)   그런데 실장님, 우일동엔 무슨 일로?
현수   아닙니다. 알겠습니다.

전화를 끊는다. 황당한데...
뒤에서 차문 닫히는 소리가 나더니,

종미(E)   여기구나? 탐관오리 비자금.

돌아보면, 종미다.
종미 현수에게 다가간다. 현수 한발 뒤로 물러서는데,
종미 성큼 성큼 두발 더 다가선다. 아주 가까이에서

종미	선배 이제 나 필요해졌지?
현수	...

종미, 현수를 향해 씩 웃고 어깨너머 방역 초소를 바라본다.

S#41. 시청 회계과 / 낮

종미, 새올 공지사항에서 '구제역 방역 24시간 비상근무 명령' 클릭
엑셀 파일 열면, 날짜별로 부서와 근무자 이름 등 명기된 표 보인다.
'남종미' 검색하면 '7월 28일'이다.

종미	(쭉 커서를 옮기며) 22일... 22일...

'건축과 박연자' 보인다. 종미 바로 내선전화 연결해서

종미	(통화) 네. 회계과 남종미입니다. 주사님, 다름이 아니라 22일 구제역 비상근무시잖아요. 네네. 혹시 제가 28일인데 날짜 바꿔주실 수 있을까요? 네네. 아 잘 됐네요.

전화 끊고 탁상달력 22일에 '우일동 비상근무'라고 적는다.

과장(E)	(자기 자리서) 현경씨,
현경	네.
과장(E)	22일 날 말이야. 시장님 일본 가시는 거 확정 난거지?
종미	...
현경	(벌떡 일어나서) 비서실에 다시 물어볼까요?
과장	(일어나서) 아니 아니. 그날 나 오후 연가 낼까?
현경	(그거야?) 아유 그러세요. 그럼 저희야 다 만세죠.

과장   그렇지? 으하하하하.

종미 다시 키보드를 친다.

S#42. 인천 공항 / 낮

출국장 앞 여윤섭과 시청직원들이 함께 있다.
현수, 여윤섭의 서류 가방을 건네며

현수   제가 모셔야 하는데, 죄송합니다.
여윤섭   (미소) 아니야, 괜찮아. 정리 잘 하고.

여윤섭 능구렁이 같이 미소 짓는데
현수 아무것도 모른다는 듯 바라본다.

현수   (꾸벅) 예. 잘 다녀오십시오.
여윤섭   그래. (어깨 툭툭)

여윤섭 일행, 출국장으로 들어가고.
현수 고개를 들어 그 뒷모습을 지켜본다. 한숨 그리고 생각.

S#43. 인천공항 활주로 / 낮

여객기가 활주로를 달려 굉음을 내며 이륙한다.

현수(E)   22일 일본 행사 참석차 시장님 출국하시면,
          인사위원회에서 승진심사 계획을 발표할 거야.

S#44. 시청 회계과 / 낮

"어? 5급 승진심사 계획 올라왔는데요?"
새올 게시판 '5급 이상 승진심사 계획 및 대상자 명단' 올라왔다.
사람들 동요하고 종미도 파일을 클릭해 본다.

현수(E)   이번 5급 사무관 승진 대상자만 서른 명이야. 구청장, 국장, 동장
            자리까지 공석이니까 다들 눈이 뒤집히지 않겠어? 공무원의
            꽃은 누가 뭐래도 승진이잖아. 참, 너는 왜 7년차에 8급이야?
            너무 늦은 거 아냐?
종미(E)   (발끈) 보통 이정도거든?

S#45. 실내 배드민턴장 / 낮

'내부 수리중, 금일휴관' 출입구에 붙어있고 들어가면 낡은 물품보관함이 보인다.
그 맞은편 작은 책상에 앉아있는 험상궂은 인상의 '덩치'
볼륨을 크게 하고 핸드폰 오락중이다.

현수(E)   22일 하루, 누가 누가 더 승진하고 싶은지 돈으로 겨루게 될 거야.

모자를 푹 눌러쓴 뇌물남
물품보관함에 작은 음료수 박스를 조심스레 넣고 열쇠를 잠근다.
덩치에게 다가와 열쇠를 내밀면 덩치 책상 위 펜과 견출지 손가락으로 가리킨다.
견출지에 이름을 쓴 후 열쇠에 붙인다.
덩치, 책상 서랍을 휙 열면 이미 열쇠가 잔뜩 보이고.
그 위로 툭 떨어지는 뇌물남의 열쇠.

현수(E)   궁금하면 실내 배드민턴장 한번 가봐.

S#46. 실내 배드민턴장 밖 / 낮

종미, 빨간 마티즈 안에서 보고 있다.
"어?" 과장이 주변을 두리번대더니 배드민턴장 안으로.

현수(E)   아는 얼굴 많이 있을 거야.

S#47. 방역초소 인근 / 낮

종미, 빨간 마티즈 초소에서 멀리 떨어진 곳에 세우고 걸어온다.
소독시설이 바리케이드 옆에 세팅되어 있고
작은 컨테이너 위에 '방역중' 표시가 크게 보인다.
앞에서 군인 2명이 수다 떨고 있다. 종미 목례하고 들어간다.

S#48. 방역초소 안 / 낮

종미, 하얀색 전신 방역복으로 갈아입는다.
그 위로

현수(E)   난 배드민턴장 정리하고 자정에 돼지축사로 갈게.
           그때 니가 방역초소에 있으면 돼.
종미(E)   선배, 근무자 2명이야. 나 말고 한 사람 더.

"오셨어요?" 이미 방역복 차려입은 주무관1 들어온다.

종미(E)   그런데 걱정하지 마.

웃으며 돌아서는 종미의 손에 음료 캐리어가 들려있다.

종미   (웃으며) 주사님, 너무 덥죠? 아이스초코 사왔어요.

종미 아이스초코 하나 꺼내 건넨다. 반갑게 받는 주무관1

S#49. 돼지축사 가는 길 / 저녁

해질녘, 종미 전화하면서 축사 쪽으로 걷는다. 펼쳐진 주변 풍경이 아늑하다.

주무관1(E)   일단 지사제 먹었으니까 멈추면 늦게라도 다시 갈게요.
종미   (표정과 말투가 반대) 아유 어떡해... 괜찮아요. 그냥, 쉬세요.
주무관1(E)   정말요?
종미   당연하죠. 주사님 얼마나 놀라셨을까.
            옷도 그렇고 하필 화장실도 그렇게 멀리... 아후.
주무관1(E)   주사님... 이거 진짜 비밀로 해주셔야 해요.
종미   그럼요, 당연하죠.
주무관1(E)   미안해요. 그럼 고생하세요.
종미   네. (전화 끊고) 제가 더 미안해요 주사님.

축사 앞에 도착했다. 낡고 허름한 축사 두 동과 창고, 농막이 보인다.
어디선가 "뀌이익 쭈이익" 돼지 울음소리가 작게 들린다.

S#50. 돼지축사 / 저녁

지저분하지만 돼지는 안 보이는 축사 내부
종미 걷다가 왼발이 미끄덩한다. 휘청하다 바닥을 보면
어지럽게 바퀴흔적 보이고 따라가면 작은 창고가 있다.
창고 철문에 걸린 걸쇠를 흔들어 본다. 철컹철컹.

우도식(E)   누구요!

종미 깜짝 놀라 돌아본다.

현수(E)   혹시나 해서 말하는데, 농장에는 들어가지 마.
         거기 주인 그냥 보통 사람 아니야.
종미(E)   보통 사람이 아니면?
현수(E)   ... 돈이면 뭐든 하는, 무서운 사람.

험악한 인상의 우도식이다. 우도식이 다가오면, 종미 뒷걸음질 친다.

S#51. 돼지축사 농막 / 밤

달궈진 불판 위에 고기가 올라온다. 치이익-
우도식, 소반에 휴대용 버너를 놓고 고기를 굽는다.

우도식   (무섭게 보며) 아가씨, 낯이 익네. 나 어디서 봤어?
종미   아니요.
우도식   익었다 먹어.
종미   아니요 괜찮습니다.
         위탁 돼지 250두 이번에 다 살처분 했다고 하던데, 아닌가 봐요?
우도식   (제대로 익지도 않은 걸 먹는다) 먹은 자리서 싸고, 싼 자리서
         자는데 무슨 면역력이 있어? 그거 수포 조금 생긴 거 보고 멀쩡한
         돼지들 다 파묻어버리데. 공무원들 일 참 편하게 해.
         (씹으며) 맛만 좋구만.
종미   (욱) 제가 담당자는 아니지만요.
         살처분 명령 위반하시면 처벌 받으실 수 있어요.

우도식	여봐, 나 거기 시장님이랑 아주 잘 알어.
종미	(수백 번 들은 소리다 건성으로) 에. 그러시겠죠.
우도식	하, 이 아가씨 재밌네? 한잔 해? (막걸리통 든다)
종미	아니요. 근무라서.
우도식	근무는 니미럴...

우도식 상추를 젓가락으로 휘휘 뒤적인다.

우도식	걔네들이 다, 햄공장 갈 애들이거든? 햄 좋아해?
종미	아니요.
우도식	그래도 그렇게 죽는 건 불쌍한데...

작은 달팽이 상추 사이에 보인다. 젓가락으로 집는다.
종미 설마 한다.

우도식	아는 형님이 청양에서 돼지를 키우는데 들판에 돼지를 쭈악 풀어놓는다는 거야. 이 새끼들이 돌아다니면서 풀을 뜯는다대?

우도식, 달팽이를 그대로 입으로 가져가 씹는다.
까드득 소리가 난다. 종미 뜨악.

우도식	거기서는 구제역이고 아프리카 뭐시기고 아무것도 아니야. 남은 두 놈은 거기로 보낼 거야.
종미	예? 그건 안 되죠.
우도식	(표정 차가워지고) 왜 안 돼? 쟤들 깨끗해.
종미	(일어선다) 지역 간 이동 허가 되는지 알아보고, 말씀드릴게요.
우도식	염병.
종미	근무자가 저 혼자라서요. 가보겠습니다. (뒤돌아 가는데)

우도식	서 봐.
종미	(멈춰서)
우도식	(얼큰하게 취한 얼굴) 아가씨. (입에 손을 대고) 쉿.
종미	(어정쩡) 아 네.

S#52. 방역초소 밖 / 밤

도로에 경광봉 쭉 세워 놨다. 반짝반짝 한다.

S#53. 실내 배드민턴장 / 밤

현수 텅 빈 배드민턴장으로 들어온다.
책상 서랍 열어 열쇠 한 주먹 집는다.
물품보관함 번호에 맞춰 열기 시작한다.

봉투와 상자가 책상 위에 가득하다.
현금을 빼 가방에 차곡차곡 넣는다.
열쇠에 붙은 이름 적힌 견출지를 떼서
책상 위 여기저기에 껌처럼 붙여버린다.

S#54. 방역초소 안 / 밤

종미, 다리를 달달 떨면서 핸드폰 시간만 보고 있다.
아직 9시다. 군인1, 2, 초소로 들어와 라면 박스를 뒤진다.

군인1	(컵라면 찾아서) 아, 하나 남았네.
군인2	(종미에게) 혹시 라면 드실래요?
종미	아니요.

종미 멍하니 있는데 뒤에서 군인1, 2 컵라면 하나를 나눠 먹는다. 호로록.

종미	(돌아보고) 교대 몇 시에 해요?
군인2	내일 아침 여섯시요 .
종미	그럼 둘 다 배고파서 안 되겠다. 이따 열시 넘으면 저기 사거리 24시 순댓국집 알죠? 장부 있으니까 내 이름 적고 식사 하고 와요.
군인1	(반색) 혼자 괜찮으시겠어요?
종미	식사도 하고 좀 쉬다가 천천히 와요. 천천히.
군인1,2	(마주보고 좋아하는 내색)

S#55. 방역초소 안 / 밤

종미 혼자 있다. 저 멀리서 트럭 한 대 덜덜대며 온다.
핸드폰 보면 11시.

종미	자정에 온다더니.

S#56. 방역초소 밖 / 밤

종미, 경광봉 들고 트럭 유도해 소독존에 세우면
운전석에서 내리는 남자 현수가 아닌 '덩치'다.

종미	(뭐지?) 지금 방역기간이라 축산시설출입등록 안 하셨음 못 들어갑니다.
덩치	여기 농장 일꾼인데, 타던 건 정비 맡겨서.
종미	무슨 일로 오셨는데요?
덩치	여기 일하는 사람이라니까 뭘 무슨 일로 와? (종이 들이밀며) 여기.
종미	(받아서 보고) 이건 다른 트럭이잖아요.

덩치   (눈알 부라리며) 그러니까 그 트럭이 지금 수리 맡겼다 안 해요.

종미   ... 일단 출입대장 쓰세요.

S#57. 방역초소 안 / 밤

덩치가 출입대장을 작성하고 종미가 지켜본다.
악필. 성명란 볼펜으로 톡톡 하더니 '김민수' 쓰고,

종미(E)   가짜.

연락처란에 잠깐 멈칫하더니 장난처럼 써내려간다.

종미(E)   가짜.

나머지도 대충 채워서 볼펜 탁 놓는다.

덩치   이제 드가도 됩니까.

종미   (본다)

S#58. 방역초소 밖 / 밤

취이익- 종미, 트럭 바퀴 소독하고 뒤로 물러난다.
덩치, 트럭에 오르기 전에 카악 퉤, 침을 뱉는다.
입을 닦으며 종미를 본다. 트럭 시동 걸고 그대로 축사를 향해 달린다.

종미, 현수에게 전화 걸지만 받지 않는다.

잠시 후, 농장에서 트럭이 나온다.
초소에서 보다가 밖으로 나오는 종미, 다시 트럭 유도하고.

덩치가 내린다.

종미   농장 내 물품 반출 금지인 거 아시죠?

덩치   하- (위협적으로) 거 되게 떽떽거리네.

종미   출입대장 적을 때, 출입사유 구체적으로 기입하세요.
          아까처럼 쓰시면 안 됩니다.

종미, 아까 적었던 페이지를 넘겨서 새 페이지로 만들어 건넨다.
덩치도 그걸 보고 떨떠름하게 받는다.
이름란에 '김성'까지 썼다가 성을 검게 칠하고 '김●민수' 적었다.
종미 보고 있다. 연락처란에 '010-' 적고 머뭇하다가 37 이어 쓰는데

종미   5요.

덩치   ? (쳐다보면)

종미   37이 아니라 35, 3529에 3520 이렇게 적었잖아요.

종미 그 번호로 전화를 건다. 신호음 가는데
덩치의 핸드폰은 울리지 않고 "여보세요?" 여성의 목소리.

덩치   (위협적) 지금 뭐하는 거야?

종미   제가 선생님 같은 분 처음 봤을 거 같아요?
          이름 적는 것만 봐도 진짠지 가짠지 알아요.

덩치   아이 씨바. 뭐 어쩌라는 거야!

종미   말 짧게 하지 마. 여기 왜 왔어!

이때, 짐칸에서 '꿰이익 쭈이익' 돼지소리 들린다.

종미   ! (트럭에 다가선다)

덩치   저리 안 비켜?

덩치가 종미를 뒤에서 잡아당겨 종미 그대로 나뒹군다.

덩치 운전석에 오르려는데

"이야아아아!" 종미 소리 지르며 소독약을 덩치에게 분사한다.

취이익-

버둥대던 덩치 종미를 걷어찬다. 힘없이 나가떨어지는 종미.

현수(E)　　　종미야!

덩치 따가운지 두 눈을 부비며 비틀댄다.

현수가 트럭 문짝에 쾅, 덩치의 얼굴을 처박는다.

덩치 비틀거리며 일어난다. 종미 놀라 소독약 분사기를 다시 손에 잡는데,

현수　　　　안 꺼져?

덩치 현수의 얼굴을 확인하더니 비틀,

알았다는 듯 제스처하곤 돌아선다.

트럭을 버리고 걷기 시작한다. 곧 어둠 속으로.

종미, 짐칸 천막을 걷으면 돼지 두 마리가 실려 있다.

S#59. 돼지축사 전경 / 밤

깜깜한 축사. 불 켜진 농막에서 코고는 소리가 작게 새어나오고.

S#60. 돼지축사 창고 안 / 밤

깜깜한 창고 안, 금고 앞에 앉아 돈을 챙기고 있는 현수.

입에 물고 있는 손전등으로 보스턴 백 두 개를 비춘다.

오만 원 다발이 가득하다.

조심스럽게 지퍼를 잠그려는데 팟, 불이 켜졌다. 현수, 놀라 뒤돌아보면 우도식이다.

우도식	뭐해.
현수	(경직) 주무시는 것 같아서 인사 안 했어요.
우도식	(다가오며) 뭐해.
현수	시장님 지시사항이 있어서요. (하는데)
우도식	시장님 지시사항 뭐.
현수	(애써 태연한 척) 일일이 다 말씀드려요?
우도식	아니. 내가 맞춰봐?

우도식 현수 옆으로 와서 쪼그려 앉는다. 손가락으로 가방 입구 벌려본다.

우도식	(현수머리를 퍽 갈긴다) 이 새끼야... (또 퍽) 이 모자란 새끼야.
현수	...
우도식	기껏 생각한 게 이거야? (가방에서 돈다발 꺼내 현수 뺨을 치고) 기껏 생각한 게 이거냐고. 이 새끼야.

우도식 현수가 가방에 담은 돈을 다시 금고에 넣으려는데

현수	(우도식의 손목 잡고) 아저씨.
우도식	(살기) 안 놔?
현수	딱 한번만 모르는 척 해요.
우도식	(큰 소리로) 안 놔?

현수와 우도식의 힘겨루기가 시작된다.
두 사람 엉겨 붙어 바닥을 뒹굴다 현수가 결국 제압당했다.
현수 위에 올라타 목을 손에 쥐고 조이는 우도식
현수 원망스런 눈으로 노려본다.

현수	(핏발) 보내줘요 그냥.

우도식	(본다) 그러다가, 너, 뒤져.
현수	켁. (눈빛) 안 무서워...
우도식	뭐?
현수	죽는 거 하나도 안 무섭다고요.
우도식	이 새끼가. (주먹으로 현수를 내려치려는데)

둔탁한 댕- 소리.
우도식 그대로 현수 위로 쓰러진다. 현수 질끈 감았던 눈을 뜨면 종미다.

종미	가자, 빨리!

S#61. 방역초소 밖 / 밤

덩치가 타고 왔던 트럭에 오르는 종미와 현수
트럭, 돼지를 실은 채 출발.

S#62. 고속도로를 달리는 트럭 / 밤

고요한 고속도로를 달리는 작은 트럭.

S#63. 청양 방목농장 / 동틀 무렵

종미와 현수, 돼지 한 마리씩 끌어안고 수풀을 헤치며 걷는다.
해가 서서히 떠오르고 주변이 보이기 시작하면 종미의 시선이 저 멀리에 닿는다.

종미	어?

울타리 안 자유롭게 퍼져있는 돼지들이 보인다.

둘의 발걸음이 빨라지고

종미   여기다!

종미와 현수, 아기 돼지를 울타리 안으로 넣으면
킁킁 흙냄새를 맡던 돼지들이 겅중겅중 달리기 시작한다.
지켜보는 종미와 현수의 얼굴 위로 눈부신 태양빛이 드리운다.

현수   뒤도 안 돌아보고 가는 거 봐. 똑똑한 것들.
종미   (계속 눈으로 좇으며) 햄공장에 갈 애들이었대.
현수   (고개 돌려 쳐다본다)
종미   미래를 위해서, 참고 또 참았는데...
            결국 마지막 순간에, 햄이 될 거라는 걸 알게 되면 얼마나 분하겠어.
현수   (피식) 가자, 우리도 햄 안 되려면 서둘러야 돼.
종미   (따라 웃고)

현수가 앞장서서 왔던 길을 되돌아가고
종미 따라가면서 뒤를 돌아본다. 자꾸만 돌아본다.

S#64. 국도 달리는 현수의 차 / 낮

피곤해서 퀭한데 흥분감 얼굴에서 감추지 못하는 현수
라디오에서 뉴스가 흘러나온다. 종미, 볼륨을 조금 낮춘다.

종미   후련해?
현수   어. 아니. 어.
종미   (본다) '어'야, '아니'야?
현수   내가 살면서 제일 많이 한 생각이 뭐였는지 알아? 아버지의

지옥은 과연 어딜까. 정치하며 쌓은 명예가 무너지면 괴로울까?

그래도 자식이니까 내가 죽으면 슬퍼할까? 그런데 결국 돈이야.

종미   돈?

현수   아버지에게는 돈이 전부였어. 종미야 우리가 그걸 빼앗은 거야.

종미   (웃는다) 우리가 가져가는 건 십분의 일도 안 될 것 같은데?

현수   (따라 웃는다) 사실 백분의 일도 안 돼.

종미   뭐?

현수   그럼 어때.

종미   그래도 좋아?

현수   (크게) 어! 좋아! 좋다!

종미   바보 같아.

현수   종미야!

종미   왜.

현수   나 너 좋다.

종미   (보면)

현수   (보며) 아주 오래전부터 말하고 싶었어.

종미   (보며) 응.

너무 늦은 고백, 쑥스럽다.

두 사람의 얼굴에 간지러운 미소가 피어난다.

맞은편, 차선을 넘어 달려오는 덤프트럭,

현수 아슬아슬하게 피했지만 운전하는 트럭 전복 된다.

느리게 느리게 차 안의 두 사람이 만신창이가 된다.

흔들림이 멈췄을 때,

거꾸로 차에 매달린 종미의 정수리에서 피가 흐른다.

종미, 눈앞이 잘 보이지 않는데,

덤프트럭에서 내리는 남자 둘, 덩치와 우도식이다.

뒷좌석 창문을 퍽퍽 깨더니 가방을 먼저 꺼낸다.

종미, 운전석의 현수를 보면 상태가 심각하다. 눈을 감고 있다.

종미, 손을 뻗어보고 싶지만 안 된다. 입술을 달싹, 아프다.

종미   (개미 같은 목소리로 겨우) 아저씨... 살려주세요...

우도식 소리를 듣고 종미를 본다.

종미   (쥐어짜듯 입술을 달싹) 119... 좀 불러주세요.

우도식, 다가와서 종미를 쳐다본다. 종미, 눈에 눈물이 가득 고였다.

우도식, 종미 주머니를 뒤져서 핸드폰을 꺼낸다.

그리고 갓길로 휙, 던져버린다.

우도식, 다시 반대편 운전석으로 간다.

종미   아저씨...

우도식, 현수의 목에 손가락을 잠깐 댔다가 뗀다.

그리고 운전석 근처에 떨어져 있는 현수의 핸드폰을 찾아서

종미의 눈을 보면서 반대편 갓길로 더 멀리 던져버린다.

종미 두 눈에 가득 맺혀있던 눈물이 후두두둑 떨어진다.

종미   제발요...

우도식   (쭈그려 앉아 눈 마주치며) 그렇게 살던 대로 살지, 왜 그랬어?

종미 의식을 잃는다.

S#65. 병원 입원실 / 낮

"더 이상 고통 받는 일이 없도록 치유하여 주시옵소서." "아-멘"
종미 베드를 둘러싼 종미엄마와 교회 신도들 손잡고 기도한다.

현경과 과장 등 동료들이 찾아왔다.
베드를 동그랗게 둘러싸고 내려다본다.

과장	종미씨, 남 주무관 정신 좀 차려봐. 내 목소리 들려?
현경	아 그냥 두세요. 계속 잠만 잔다잖아요.
과장	아하... 이거 참... (작게) 그런데 비서실장은 갑자기 어떻게 된 거야?
현경	(작게) 과장님 뭐 아시는 거 없어요?
과장	내가 아는 게 뭐가 있어.
현경	사람이 어떻게 하루아침에 사라져요?
과장	(작게) 안팎에 적이 좀 많았어?
현경	(작게) 무섭다 정말.
과장	쉿.

누워있는 종미, 꼭 감은 눈꺼풀 사이로 눈물이 고인다.

모두 떠나고
병실 안, 종미 베드만 커튼을 둘러 꼭 분홍색 상자 같다.
종미의 슬픔과 좌절이 그 안에 가득 차오른다.

S#66. 병원 복도 / 낮

종미, 허리에 보호대를 하고 링거 폴대를 끌며 천천히 걷는다.
얼굴 여기저기 멍자국이 남아있다.

S#67. 병원 입원실 / 낮

여전히 분홍 커튼으로 둘러진 병상.
종미가 커튼을 열면 우도식이 베드에 앉아있다.

우도식	아가씨, 살았네? 근데
종미	(보면)
우도식	돈이 많이 비어.
종미	…
우도식	시장님이 찾으셔. 내일 괜찮지? (베드에서 일어서며) 링게루,
	아프겠다야.

다른 환자들의 시선을 받으며 나가는 우도식.

S#68. 병원 일각 / 밤

환자복 차림으로 점퍼만 걸치고 복도를 걷는다.
1층 현관 앞에 정차되어 있는 택시에 서둘러 오른다.

S#69. 돼지축사 인근 / 밤

어두운 밤길을 달려온 택시가 멈추면 종미가 내린다.
구석진 곳에 주차된 빨간 마티즈. 비척비척 다가간다. 그 뒤로 택시가 먼저 떠나고.

S#70. 종미 마티즈 안 / 밤

종미 운전석에 오르자마자 딸칵, 잠금장치 누른다.
조수석 아래 가방이 보인다. (씬55와 동일)
열어보면 5만원 다발이 가득하고 USB도 하나 보인다.

종미(E)   그래도 좋아?

현수(E)   (크게) 어! 좋아! 좋다!

종미, 으! 으! 으! 으! 핸들을 내려친다. 고통스럽다.
고개를 핸들에 처박고 있는데, 똑똑, 한다.
종미 고개를 들면, 우도식이다.
종미 눈빛이 변한다.

종미   (창문을 내리고) 아저씨.

S#71. 종미의 집 / 새벽

옷을 차려입은 종미 천천히 집을 나서는데 현관 옆 종석의 방문이 조금 열린다.

종석(E)   나 복학신청 했어.

종미   (신발 신다가) 잘했어.

종석(E)   알바도 구했어.

종미   너 괜찮아?

종석(E)   니가 나한테 할 말은 아닌 거 같은데.

종미   이게 누나한테.

종석(E)   너 출근할 때마다 천근만근인 거 알면서 너무 늦게까지 매달려
          있었어. 사고 나니까 그게 제일 미안하더라.

종미   갑자기 철들었네.

종석(E)   그러니까, 너무 아등바등 하지 말라고.

종미   (울컥) 그래.

종석(E)   좋은 아침. (방문 닫는다)

종미   (닫힌 방문에 손을 대고) 좋은 아침.

S#72. 시청 전경 / 낮

이른 아침, 출근하는 사람들 모습 보이고.

S#73. 시청 시장실 / 낮

공무원증을 목에 걸고 들어오는 종미.
소파 테이블 상석에 여윤섭 우측에 우도식이 앉아있다.

종미	(선채로 꾸벅) 회계과 남종밉니다.
여윤섭	앉아요.
종미	(앉는다)
여윤섭	마셔요.
종미	(앞에 차를 마시려는데 손이 달달 떨린다)
여윤섭	(보고) 현수 학교 후배라고?
종미	...예.
여윤섭	사람이 말이야. 너무 코너에 몰리면 그럴 수 있어. 영화처럼 은행이라도 털어서 인생 바꿔보고 싶다, 이런 말도 안 되는 꿈을 꿀 때가 있어.
종미	... (두 눈을 질끈 감았다 뜬다)
여윤섭	그런데 내 돈은 아니야. 그 돈 가지고 있음 불행해질 거야.
종미	...

여윤섭 눈에 들어온 종미의 공무원증.

여윤섭	그거 여기 나갈 때도 걸고 나가야지. (웃으며) 안 그래?
종미	저, 필기시험, 면접시험 합격하고 건강검진에 신원조회까지 다 거쳐서 시에 들어왔습니다. (힘줘) 제 밥그릇 하찮아 보이시

겠지만 적어도 하명시에서는 시장님보다 길게 가지 않겠습니까?

우도식   (피식) 재밌다.

종미 마티즈 키를 꺼내 테이블 위에 탁, 올린다.

종미   나머지 현금, 제 차 조수석에 있습니다.
          이 돈 가지고 불행해질 생각 추호도 없습니다.
여윤섭   (미소) 바보는 아니네.

여윤섭 앉아있는 종미의 옆모습을 뱀처럼 훑어보더니

여윤섭   그만하면 움직일 만 하지? 내일부터 출근해. 비서실 발령 날 거야.
종미   !
여윤섭   나가봐.

종미 미동도 하지 않고 있다가, 마티즈 차키 위에 손을 올리고
여윤섭이 아닌 우도식 앞으로 쭉 밀어준다. 우도식, 종미를 본다.

종미   돈이면 뭐든지 한다고 했죠?
여윤섭   (눈동자가 종미에서 우도식으로 옮겨간다)
종미   (도식 보며) 약속해요.

우도식, 얼굴에 웃음기가 가시고

우도식   뭘 약속할까?

종미, 여윤섭이 아닌 우도식을 보며 말한다.

종미   저는 1년 휴직하겠습니다.

우도식   (끄덕)

여윤섭   애 뭐하니.

종미   (시선 그대로) 그리고 어젯밤 그 말 지켜주세요.

우도식   (끄덕)

종미 차키에서 손 천천히 떼면 우도식이 집는다.
종미 자리에서 일어선다. 여윤섭이 노려본다.
종미의 멍든 얼굴이 씰룩 조금 웃는 것처럼 보인다.

종미   내년에 부디, 낙선하시기 바랍니다.

똥씹은 여윤섭의 얼굴위로 우도식의 웃음소리가 흐른다.
종미 꾸벅 인사하고 시장실을 나간다.

여윤섭   저 년, 대가리가 어떻게 된 거 아냐? (우도식 보고)

우도식   (여전히 낄낄) 아, 내가 평생 형님 손발로 살다가

                  이제는 형님 손발을 묶게 생겼네? 아 (절레절레) 재밌어.

여윤섭, 협탁 위 전화기 집어 던진다.
우도식 피하지 않고 맞아서 이마가 찢겼다. 피가 얼굴에 흐른다.

여윤섭   도식아. 정신 차려.

우도식   (주머니에서 USB 꺼내 테이블에 올린다) 시장님, 그동안

                  꾸울꺽 하신 돈, 여기 아주 자세히 들어있다고 하대요. 현수가

                  시장님을 아주 잘 알잖아. (웃는다) 자식 잘 키웠어. 똑똑하게.

우도식, 피를 닦은 붉은 손바닥을 보며

우도식   아... 병원 가기 싫은데. (자리에서 일어선다)

여윤섭	앉아.
우도식	(보면)
여윤섭	앉아! (분노) 돈 때문이냐?

사람을 끝까지 양아치 취급하는데 우도식도 꼭지가 돈다.
시장 앞에 놓인 찻잔을 들어서 찻물을 쏟아 제 손을 씻는다.
여윤섭의 허벅지와 가랑이가 젖었다.
우도식, 빈 잔을 여윤섭의 손에 강제로 쥐어 준다.

우도식	(싸늘) 예. 그러니까 앞으로 경거망동 마세요.

시장실을 걸어 나간다.

S#74. 시청 전경 / 낮

시청 중앙현관 앞에 딱 주차되어 있는 빨간 마티즈.

S#75. 인천대교 달리는 빨간 마티즈 / 낮

종미의 빨간 마티즈가 인천대교를 시원하게 달린다.

S#76. 빨간 마티즈 안 / 낮

운전석에 우도식이다.

S#77. 인천공항 출국장 앞 / 낮

차가 멈춘다.

우도식	가라.

우도식이 조수석을 보면 현수가 앉아있다. 현수 도식을 본다.

우도식	가만 생각해 보니까. 25년 전 니 손잡고 한국 들어온 사람.
	시장님이 아니라 나더라고.

우도식, 25년만에 처음으로 현수의 뺨을 따뜻하게 어루만진다.
현수 감정이 올라온다.

우도식	(쓰읍) 이 새끼가... (하다가) 맞지?
현수	뭐가요.
우도식	그 아가씨. 니 지갑에 들어있던 증명사진.

현수 이 상황에 별 이야기를 한다싶어 웃고

우도식	가 인마. 잘 가.

현수, 차문 열고 나간다. 우도식이 보고 있는데
뒤에서 빵- 소리 난다. 다시 움직이는 차.

S#78. 인천공항 / 낮

사람들로 북적이는 출국장 앞.
종미, 어디론가 전화를 건다. 띠딕, 받는다.

종미	아쌀라무 알라이쿰, 마키나. (안녕하세요 마키나.)
마키나(E)	아쌀라무 알라이쿰.
종미	암 리빙 포 우즈베키스탄. (지금 우즈베키스탄으로 출발해요.)

종미 시선 끝에 목발을 짚고 있는 현수가 들어온다.
현수도 종미를 찾느라 두리번댄다.

종미　　　위드 유어 썬. (어머니의 아들과 함께요.)
마키나(F)　(탄식) 아.

종미, 현수를 향해 다가간다.
현수도 종미를 봤다.
두 사람 마주보며.

출국장 전광판, 깜빡하더니 변경 된다.
'TASHKENT'

끝

역대 신인상 수상자 및 수상작품 명단

제1회	드라마부문		
1989.2.25. 시상	최우수상	최연지(연수)	「바람의 눈」
	우수상	차홍빈(기초)	「머나먼 여로」
		최현경(기초)	「우수시대」

제2회	드라마부문		
1989.9.25. 시상	최우수상	최현경(연수)	「미로일기」
	우수상	방철환(연수)	「황민의 아들」
		조한순(연수)	「하늘로 열린 지붕」
		황인경(연수)	「집게벌레」

제3회	드라마부문		
1990.4.23. 시상	최우수상	박유홍(연수)	「타오르는 여름」
	우수상	박경희(연수)	「우리들의 노래」
		하청옥(연수)	「이제 그 바람 멎으리」
	비드라마부문		
	가작	이종한(연수)	「우리도 인간답게 살고 싶습니다」 - 다큐멘터리
		함영인(연수)	「명작극장 터널 속의 연인들」- 쇼

제4회	드라마부문		
1990.11.22. 시상	최우수상	박희숙(창작)	「이웃집 은이」
	우수상	장정선(창작)	「파랑새야 어디 있니」
		최정미(연수)	「끝의 시작」
	비드라마부문		
	우수상	이점주(연수)	「엠마오로 가는 길」
		김진희(연수)	「늘어만 가는 죽음의 직업병」

제5회	드라마부문		
1991.6.28. 시상	최우수상	장정선(창작)	「내 사랑 용포리」
	우수상	박지현(창작)	「서경별곡」
		김인영(연수)	「가을 소나타」
	비드라마부문		
	우수상	박해정(연수)	「거세어지는 과외열풍」 - 다큐멘터리
		유미혜(연수)	「22세기의 풍경 하나」 - 코미디

제6회	드라마부문		
1991.12.28. 시상	우수상	유현미(창작)	「수레바퀴」
		도순아(창작)	「소년과 약사」
	비드라마부문		
	우수상	박종규(창작)	「공간젊음」
		최수정(창작)	「가전시장에 밀려오는 일본물결」

제7회	드라마부문	
1992.9.16. 시상	최우수상	한은실(연수)「마음의 끈」
	우수상	박　경(창작)「끝촌의 봄」
		옥정미(연수)「그대 앞의 영광」
	비드라마부문	
	최우수상	한정임(창작)「금줄의 바깥세상」- 다큐멘터리

제8회	드라마부문	
1993.5.6. 시상	최우수상	옥정미(창작)「동행」
	우수상	김미경(연수)「그리고 날기 위하여」
		정경아(연수)「땅금메 아이들」
		조승훈(창작)「서기 2427 드호니카의 불청객」
	비드라마부문	
	우수상	강소은(창작)「댕댕이 덩굴의 긴 그림자」
		석은정(창작)「초군과 대군」

제9회	드라마부문	
1993.12.30. 시상	우수상	이수진(창작)「완두콩에게 길을 물어보고」
		박경숙(창작)「문밖의 꿈」
	비드라마부문	
	우수상	백지연(연수)「도시의 소음」
		주민영(연수)「공존의 경쟁에 서서 - 어느 카튜사의 일기」

제10회	드라마부문	
1994.11.9. 시상	최우수상	권인찬(창작)「전봇대 소원」
	우수상	김경미(창작)「김씨의 그림수첩」
		김정예(연수)「파출부와 선생님」
	장려상	박은심(창작)「도개걸윷모」
	비드라마부문	
	우수상	송원이(창작)「세상에 나타난 인간의 언어 - 먹기」
		조윤희(창작)「새와 프로펠라」

제11회	드라마부문	
1995.7.13. 시상	최우수상	최민수(창작)「두자와 함께 한 여름」
	우수상	정수정(연수)「노을이 지면」
		강성희(연수)「내가 있는 풍경」
	비드라마부문	
	최우수상	이신화(전문)「밤의 이야기」

제12회	드라마부문	
1996.2.15. 시상	최우수상	김규완(연수)「솔이 엄마」
	우수상	오영주(전문)「우리 함께 있는 동안에」
	비드라마부문	
	우수상	임미랑(전문)「가족유형의 새로운 모색, 공동체 가족을 생각한다」

제13회	드라마부문	
1996.11.29. 시상	우수상	변원미(창작)「봄날은 간다」
		남경숙(전문)「황혼의 노래」

제14회	드라마부문	
1997.7.22. 시상	최우수상	정성희(기초)「세월」
	우수상	이혜정(연수)「또칸이네 소파」
		하정례(전문)「동행」

제15회	드라마부문	
1997.12.16. 시상	우수상	구동회(연수)「장밋빛 인생」
		이영란(전문)「도편수」

제16회	드라마부문	
1998.6.30. 시상	최우수상	박혜강(창작)「가족의 초상」
	우수상	김승희(전문)「인생스케줄」
		이경선(연수)「뫼비우스의 띠」

제17회	드라마부문	
1998.12.24. 시상	최우수상	박종평(창작)「길마를 벗을 때까지」
	우수상	이명숙(창작)「소라」
		홍윤정(전문)「해피 버스데이」

제18회	드라마부문	
1999.6.25. 시상	최우수상	강한경(창작)「보물찾기」
	우수상	이윤정(전문)「길 밖에도 세상 있어」
		정서원(전문)「3억원의 장례」

제19회	드라마부문	
1999.12.20. 시상	최우수상	황은경(창작)「티눈」
	우수상	정명희(창작)「웬수」
		김은실(전문)「용서받지 못한 자」

제20회	드라마부문	
2000.6.27. 시상	우수상	김성희(창작)「동보씨의 파랑새」
		이혜선(전문)「모자를 쓴 여인」
		조하정(연수)「자장면이 입가에 묻은 이유」

*이후부터 TV드라마 극본공모로 공식화 (비드라마부문 폐지)

제21회	최우수상	신희원(창작)「사랑한다면 프랑스와인처럼」
2000.11.23. 시상	우수상	권기영(전문)「춘화가돌아오다」
		임금남(연수)「향수(香水)」

제22회	최우수상	박은령(창작)「남편들의 5월」
2001.6.11. 시상	우수상	김순덕(창작)「첫사랑」
		서숙향(전문)「돈돈엄마」

제23회	최우수상	김효은(전문)「가을에도 사랑은 시작된다」
2001.12.11. 시상	우수상	조수원(전문)「맞아야 사는 남자」
		조지현(창작)「만식씨의 상경기」

제24회	최우수상	조윤영(전문)「굿바이! 서울 사냥꾼」
2002.5.27. 시상	우수상	마주희(창작)「적과의 동거」
		허준석(기초)「운전면허취득열전」

제25회	최우수상	강윤정(전문)「궁녀 다련이」
2002.12.10. 시상	우수상	오상희(전문)「새야 새야 파랑새야」
		정진경(연수)「피안으로 가는 배」

제26회	최우수상	차지아(연수)「춘양목 향기」
2003.6.9. 시상	우수상	박명진(전문)「리모델링 커플」
		임현경(창작)「천국에서 온 선물」

제27회	최우수상	명창현(창작)「필담(筆談) - 글로써 나눈 이야기」
2003.12.30. 시상	우수상	방영미(창작)「철웅씨의 삼일장」
		유숭열(전문)「아날로그맨」

*이후부터 매기 실시되던 신인상 공모를 년 1회 실시키로 개편

2004 제28회 2004.12.13. 시상	최우수상 우수상	조윤숙(창작)「침묵이 12월」 문정민(전문)「그 남자의 살인사건」
2005 제29회 2006.1.16. 시상	최우수상 우수상	유희경(창작)「형광등을 지켜라」 노지설(창작)「그녀가 웃잖아」 최원호(연수)「홍어국」
2006 제30회 2007.1.15. 시상	최우수상 우수상	배창직(창작)「Call」 백민정(창작)「원빈씨, 안녕?」 정해리(기초)「미수(眉壽)」 남윤희(연수)「도와주세요, 네?」※ 홈드라마부문
2007 제31회 2008.1.15. 시상	최우수상 우수상	김자령(창작)「고씨 가족 갱생기」 박혜영(전문)「월하향(月下香)」 노현윤(창작)「황혼을 건너는 법」※홈드라마부문
2008 제32회 2009.1.12. 시상	최우수상 우수상	조수영(창작)「내 아내 네이트리의 첫사랑」 김은영(창작)「화평옹주 감량사」

* 2008 저출산·고령화 대응 극본공모(후원:보건복지가족부/인구보건복지협회)
  저출산부문 당선작 안신유(창작)「돼지네 큰언니」
  고령화부문 당선작 노선아(창작)「햇빛노인정의 기막힌 장례식」

2009 제33회 2010.1.13. 시상	최우수상 우수상	김화정(창작)「연탄」 손선숙(전문)「삼거리야식」
2010 제34회 2011.1.10. 시상	최우수상 우수상	정회현(창작)「할머니는 일학년」 임예진(창작)「호박벌, 날다」
2011 제35회 2012.1.19. 시상	최우수상 우수상	김주현(창작)「그럼에도 불구하고」 이나영(전문)「위대한 유산」
2012 제36회 2013.1.10. 시상	최우수상 우수상	허선희(전문)「공동병원」 이진석(창작)「그녀, 목소리」 신수림(창작)「안녕, 은하철도」

2013 제37회 2014.1.13. 시상	최우수상 우수상	김민석(전문)「'정이'를 위하여」 이현지(전문)「써바라」
2014 제38회 2015.1.13. 시상	우수상 가작	박재윤(창작)「창작하여 만드는 이, 작가(作家)」 이지현(전문)「물고기 둥지」 신세연(전문)「잉글리쉬 조선 상륙기」
2015 제39회 2016.1.13. 시상	최우수상 우수상	최명진(전문)「호박, 꽃중년」 허정현(전문)「영어강점기」
2016 제40회 2017.1.17. 시상	최우수상 우수상 우수상	박은영(전문)「착한 아들」 신태진(전문)「오토빠일럿」 이범익(창작)「등대선」
2017 제41회 2018.1.12. 시상	최우수상 우수상	이희선(연수)「라이프 가드」 김준성(창작)「동구는 울지 않는다!」
2018 제42회 2019.1.18. 시상	최우수상 우수상	이소라(창작)「청춘 엔딩」 이진우(창작)「간병살인」
2019 제43회 2020.2.7. 시상	최우수상 우수상	곽윤정(연수)「두물머리」 조희숙(전문)「위자료 72만원」
2020 제44회 2021.1.28. 시상	최우수상 우수상	김진주(전문)「진동」 김진선(전문)「죽으러 왔습니다」 유미란(전문)「돼지」

2020년 제44회
TV드라마 신인상 수상작품집

초 판 인 쇄   2021년 3월 10일
발   행   2021년 3월 11일

지   은   이   한국방송작가협회
펴   낸   이   김재홍
펴   낸   곳   도서출판지식공감
등 록 번 호   제2019-000164호
주   소   서울특별시 영등포구 경인로 82길 3-4 센터플러스 1117호(문래동1가)
전   화   (02)3141-2700
팩   스   (02)322-3089
편 집 제 작   C&C Entertainment

printed in Korea ⓒ 2021 한국방송작가협회
ISBN: 979-11-5622-584-3 (03810)
값 8,000원